UN PROTECTEUR POUR TEX

FORCES TRÈS SPÉCIALES
TOME 14

SUSAN STOKER

DU MÊME AUTEUR

Un ange pour Laryn (1 Juillet)

Un ange pour Amanda (4 Nov)

Un ange pour Zita

Un ange pour Penny

Un ange pour Kara

Un ange pour Jennifer

Forces Très Spéciales : Alliance

Un protecteur pour Remi

Un protecteur pour Wren

Un protecteur pour Josie

Un protecteur pour Maggie

Un protecteur pour Addison (6 Mai)

Un protecteur pour Kelli (2 Sept)

Un protecteur pour Bree

Le Fruit du Hasard

Le Protecteur

L'Aristocrate

Le Héros

Le Bûcheron

Sauvetage à Eagle Point

Un sauveteur pour Lilly

Un sauveteur pour Elsie

Un sauveteur pour Bristol

Un sauveteur pour Caryn

Un sauveteur pour Finley

Un sauveteur pour Heather

Un sauveteur pour Khloe

Le Refuge

Un soutien pour Alaska

Un soutien pour Henley

Un soutien pour Reese

Un soutien pour Cora

Un soutien pour Lara

Un soutien pour Maisy

Un soutien pour Ryleigh

Silverstone

Pour la confiance de Skylar

Pour la confiance de Taylor

Pour la confiance de Molly

Pour la confiance de Cassidy

Delta Force Deux

Un refuge pour Gillian

Un refuge pour Kinley

Un refuge pour Aspen

Un refuge pour Jayme

Un refuge pour Riley

Un refuge pour Devyn

Un refuge pour Ember

Un refuge pour Sierra

Hawaï : Soldats d'élite

Un paradis pour Élodie

Un paradis pour Lexie

Un paradis pour Kenna

Un paradis pour Monica

Un paradis pour Carly

Un paradis pour Ashlyn

Un paradis pour Jodelle

Forces Très Spéciales : L'Héritage

Un Sanctuaire pour Caite

Un Sanctuaire pour Brenae

Un Sanctuaire pour Sidney

Un Sanctuaire pour Piper

Un Sanctuaire pour Zoey

Un Sanctuaire pour Avery

Un Sanctuaire pour Kalee

Un Sanctuaire pour Jane

<u>Delta Force Heroes Series</u>

Un héros pour Rayne

Un héros pour Emily

Un héros pour Harley

Un mari pour Emily

Un héros pour Kassie

Un héros pour Bryn

Un héros pour Casey

Un héros pour Wendy

Un héros pour Mary

Un héros pour Macie

Un héros pour Sadie

Un héros pour Annie

<u>Mercenaires Rebelles</u>

Un Défenseur pour Allye

Un Défenseur pour Chloé

1

— Qu'est-ce que tu veux pour le dîner de ce soir ?

Tex jeta un coup d'œil à Melody, et aujourd'hui, comme tous les autres jours, sa femme l'émerveillait. Il était parfaitement conscient de ne pas être le genre de mec que la plupart des femmes voudraient pour partenaire, surtout en raison de son obsession pour son boulot. Il se servait de ses compétences en informatique pour aider les autres. Et par obsession, il voulait dire un sous-sol entier rempli d'ordinateurs et d'appareils électroniques en cours de conception et des traqueurs qu'il perfectionnait dans l'espoir de les breveter.

Et comme si cela ne suffisait pas, la plupart des gens le considéraient comme la moitié d'un homme à cause de sa jambe en moins.

Toutefois, il était également le genre d'homme qui laisserait tout tomber pour regarder sa fille participer à un spectacle de danse. Qui adopterait une enfant venant d'un pays ravagé par la guerre pour lui donner un foyer parce qu'elle n'aurait nulle part où aller. Et il était cet homme qui avait traversé le pays pour rencontrer la femme avec qui il parlait seulement en ligne... et qui avait désespérément eu besoin du type d'aide pour lequel il excellait.

Tex n'aurait jamais imaginé être heureux comme il l'était aujourd'hui. Il manquait peut-être d'objectivité, mais son épouse était splendide. Elle était un peu plus âgée que le jour où ils s'étaient connus, cependant son charme ne s'était pas tari. Elle n'était devenue que plus belle aux yeux de Tex. Et ça n'avait rien à voir avec son allure ; c'était dû à son cœur généreux. À l'amour qu'elle éprouvait pour leurs filles, Akilah et Hope. Car jamais elle ne lui avait reproché de se terrer dans son sous-sol, s'acharnant pendant des jours à tenter de retrouver une personne disparue. Le travail de sa vie consistait désormais à retrouver ceux qui étaient portés disparus et à s'assurer qu'on se chargeait convenablement de ceux qui avaient commis *l'enlèvement*.

— John ?

Tex battit des paupières. Il s'était perdu dans ses pensées.

— Pardon, Mel. Que m'as-tu demandé ?

Elle secoua la tête, exaspérée, et répéta sa question sur ce qu'il voulait manger plus tard.

— Je croyais qu'on s'était décidés pour des tacos, répondit-il tout en passant une vitesse avant de reculer du parking du supermarché qu'ils venaient de quitter.

— Oui. Mais je remettais cette décision en cause. Hope a son entraînement de volley-ball ce soir et Akilah pourrait rentrer de la fac pour le week-end. Nous mangerons tard et même si les tacos sont faciles à faire, je me suis dit que je pourrais peut-être faire mijoter quelque chose, comme ça, ce serait chaud, peu importe à quel moment nous dînerons.

— Que penses-tu d'un poulet avec du riz ? proposa Tex. C'est simple à faire et nous avons tous les ingrédients.

— Parfait, répliqua Melody avec un large sourire.

Tex s'apprêtait à sortir du parking quand sa femme lâcha une bombe sur sa tête.

— Au fait, lors du match de Hope demain soir, elle veut que nous rencontrions son petit ami.

Tex écrasa la pédale de frein et se tourna pour dévisager Melody, incrédule.

— Quoi ?!

— N'en fais pas un fromage. Ils ne sont qu'en cinquième alors ce n'est pas *vraiment* un petit ami. Ils sortent juste ensemble et je pense qu'ils se sont tenu la main deux fois, mais c'est tout. Elle est vraiment heureuse avec ce garçon et il a l'air gentil.

— Non.

Melody gloussa.

— Bon, John...

— Elle est trop jeune, déclara-t-il fermement.

L'idée que son bébé ait un petit copain lui donnait envie de vomir.

— Elle l'est, dit Melody, partageant son avis. Mais là encore, elle ne se rend pas dans d'obscurs cinémas avec lui pour se bécoter au dernier rang. Quand elle a des activités avec lui en dehors de l'école, ils sont en groupe. Ou bien il vient la regarder jouer. John, elle est à l'âge où les garçons commencent à devenir intéressants, et je suis ravie qu'elle veuille que nous le rencontrions. Qu'elle ne fasse pas ça derrière notre dos.

Un klaxon retentit derrière eux et Tex scruta le rétroviseur. Un homme en colère secouait son poing et gesticulait pour qu'il accélère ou dégage la voie. Tex inspira profondément et reporta son attention sur la route devant lui. Aussi nonchalamment que possible, il s'enquit :

— Quel est son nom ?

— Non, hors de question, lui répondit Melody.

— Quoi ? Hors de question de quoi ? demanda Tex, tâchant d'avoir l'air innocent.

— Tu sais de quoi je parle. Si je te donne le nom de ce pauvre garçon avant que tu ne le rencontres, à la seconde où nous serons rentrés à la maison, tu iras au sous-sol pour faire des recherches sur sa famille et lui. Tu connaîtras le salaire annuel de ses parents, où ils travaillent, qui sont leurs patrons, tous les blâmes qu'ils ont reçus à leur boulot, les amendes pour excès de vitesse et une centaine d'autres choses intrusives au possible et complètement inutiles.

— Si Hope passe du temps avec ce gosse, je dois savoir tout ce qu'il y a à savoir sur lui, protesta Tex.

— Non. Tu dois faire confiance à ta fille. Tu crois vraiment qu'elle va fréquenter quelqu'un qui ne la traite pas bien ? Chaque jour, elle a le meilleur des exemples sur la façon dont un homme devrait se comporter avec une femme qu'il aime. *Toi*, John. Tu lui as montré l'exemple avec tout ce que tu fais pour moi *et* pour elle. Tu es respectueux, tu n'élèves jamais la voix. Quand nous ne sommes pas d'accord, nous l'exprimons très poliment. Tu es d'un grand soutien, gentil, et tu respectes les limites.

— J'ai l'air d'une mauviette, marmonna Tex dans sa barbe.

Elle ricana gentiment.

— Tu es aussi sévère mais juste. Tu attends qu'Hope et Akilah donnent le meilleur d'elles-mêmes tout le temps. Tu jures trop, travaille trop dur et nos deux filles ne doutent absolument pas que si quiconque pose un doigt sur elles, tu t'occuperas de cette personne de sorte qu'elle ne recommence plus jamais. Tu leur as appris à se montrer futées, malignes et fortes. Aie confiance en ta fille, John.

Formulé ainsi, comment ne pourrait-il *pas* avoir confiance en le fait que Hope avait bien choisi son potentiel copain ?

— Très bien.

Mel rit de nouveau. Elle tendit la main et Tex lui donna volontiers la sienne.

— Je t'aime, John. Je n'aurais jamais cru que ceci serait ma vie quand je vivais dans cette chambre d'hôtel de Los Angeles depuis toutes ces années.

Tex n'aimait pas ressasser le fait que Melody ait fui un taré de harceleur. Et que ce dernier avait presque réussi à lui ôter la vie. Si elle ne s'était pas ouverte à lui, ne l'avait pas laissé entrer et ne lui avait pas donné l'information dont il avait eu besoin pour la retrouver – ou son coonhound, Baby – les choses auraient pu être différentes aujourd'hui.

— Je t'aime aussi. Une fois à la maison...

Tex ne put terminer sa phrase. Il venait d'arriver

dans leur rue quand, surgissant de nulle part, un van déboula dans le virage, descendant vers eux. Il eut juste le temps d'écraser la pédale de frein afin de ne pas le heurter de plein fouet.

Avant qu'il ne puisse retrouver ses repères, la portière du van s'ouvrit et trois hommes habillés tout de noir de la tête aux pieds, en sortirent rapidement.

— Merde, Mel, verrouille la portière !

Mais il était trop tard. Dès que le dernier mot eut franchi ses lèvres, sa portière s'ouvrit brutalement et la lutte commença.

Tex était gêné par la ceinture de sécurité qui le maintenait toujours à son siège et malgré le flot d'adrénaline dans ses veines, il n'était pas de taille pour se mesurer aux individus visiblement entraînés qui lui avaient tendu une embuscade.

— Cours, Mel ! parvint-il à dire avant qu'un poing ne le frappe à la mâchoire et ne le fasse taire.

Avant de comprendre ce qu'il se passait, il fut traîné hors de son véhicule, mais il refusait d'abandonner. Le combat était étonnamment silencieux, ses agresseurs ne prononçaient pas un mot.

Ce ne fut que lorsque Melody gémit que Tex se rendit compte qu'elle n'avait pas échappé à leurs attaquants.

— Pitié, tout ce que vous voulez, je vous le donnerai. Mais ne faites pas de mal à ma femme.

— Elle ira bien si tu fais ce qu'on te dit, répondit l'un des hommes d'une voix grave que Tex n'avait jamais entendue de sa vie.

Il avait un léger accent mais Tex ne pouvait l'identifier.

— Ne lui faites pas de mal, répéta-t-il.

L'un de ses yeux était gonflé et fermé, mais il pouvait voir parfaitement avec l'autre. Il remarqua qu'un second véhicule s'était garé derrière sa voiture pendant qu'il se battait et alors qu'il était traîné vers le fourgon, l'autre homme intégralement vêtu de noir s'installa au volant de son véhicule.

— Dépêchez, il faut qu'on s'en aille d'ici, dit le chauffeur du van, impatient, tandis que Tex était poussé à l'intérieur.

Il ne savait pas trop s'il était soulagé ou non que Melody soit poussée à côté de lui. Il attira son attention une demi-seconde avant de regarder l'un de leurs ravisseurs mettre une taie d'oreiller noire sur leurs têtes.

Ensuite, sa vue fut obscurcie quand une autre cagoule – supposa-t-il – fut enfilée sur sa propre tête. La portière du van se referma en claquant et le chauffeur démarra, comme si kidnapper deux personnes innocentes était quelque chose d'habituel pour lui.

Tex avait eu son lot de mauvaises situations, mais là, c'était cent fois pire, car il n'était pas avec les membres de son équipe de Navy SEAL, entraînés. Il était avec Melody. La femme qu'il aimait plus que la vie. Pour qui il travaillait dur depuis leur rencontre afin de la protéger. Pour empêcher le mal de la toucher à nouveau. Il n'avait aucune idée de l'identité des hommes qui les avaient emmenés, ni de ce qu'ils voulaient, mais ça n'augurait rien de bon, il n'avait aucun doute là-dessus.

Personne ne parlait alors qu'ils quittaient les environs, ce qui n'était ni rassurant ni réconfortant pour Tex. Tout avait été prévu. Ces mecs étaient des professionnels. Il tâcha de mémoriser les lacets que prenait le van, mais à cause de sa vue obstruée et de la succession de virages serrés, il fut vite perdu concernant l'endroit où ils allaient.

Cependant, il savait qu'ils n'avaient roulé qu'approximativement dix minutes quand le fourgon ralentit.

Tex se tendit.

La portière s'ouvrit mais le van ne s'arrêta pas totalement. Il entendit Melody pleurer puis hurler alors qu'elle était apparemment poussée hors du véhicule en marche.

— Mel ! s'époumona-t-il, mais tout ce qu'il obtint pour sa peine fut un coup de poing dans le ventre.

Et les trois hommes qui s'étaient trouvés à l'arrière

du van avec Melody et lui se mirent à frapper Tex de nouveau.

Ils lui menottèrent les poignets dans le dos avant de le tirer vers l'intérieur du véhicule ; il ne pouvait désormais plus se servir de ses mains et était incapable de se défendre. Au moment où ils cessèrent leur attaque, Tex était à peine conscient.

— Pourquoi ? réussit-il à marmonner, ses lèvres en sang.

Son nez était complètement cassé, il avait l'impression que sa pommette était au moins fissurée et qu'il avait quelques côtes fêlées.

— Parce qu'on le peut, répondit quelqu'un.

Ce fut la dernière chose dont se souvint Tex avant de s'évanouir.

2

Melody, allongée au sol, gémit. Elle avait mal. Partout. Elle avait été si désorientée lorsque des hommes s'étaient précipités sur leur voiture après être sortis du fourgon qui avait failli leur rentrer dedans. Mais dès que John lui avait hurlé de courir, elle avait agi. Elle avait détaché sa ceinture de sécurité et ouvert sa portière alors même que les individus frappaient John. Ce dernier n'avait pas eu l'occasion de rendre les coups et comme elle s'était ruée vers le grand jardin d'une maison, une rue avant la leur, elle s'était demandé ce qu'il se passait.

Malheureusement, elle n'était pas allée loin. L'homme qui l'avait poursuivie avait été plus rapide qu'elle, ralentie par ces mignons petits talons qu'elle avait choisi de porter ce matin-là. Elle regrettait amèrement sa décision à présent. Il l'avait plaquée pile dans le jardin des voisins, la faisant lourdement chuter sous son poids.

Elle avait ouvert la bouche pour hurler mais l'homme l'ayant anticipé, il avait collé sa paume charnue sur ses lèvres, étouffant les sons qu'elle émettait. Melody s'était alors débattue, comme si la vie dépendait de sa fuite mais en vain. Les renforts étaient arrivés et avant de comprendre ce qu'il se passait, un deuxième type était là, aidant le premier à la relever et à la ramener vers les véhicules sur la route.

Elle avait vu qu'une deuxième voiture s'était garée tellement proche de la leur que les pare-chocs se touchaient. C'était de là qu'était manifestement sorti le deuxième homme. Melody n'avait pu se retenir : elle avait pleurniché bruyamment. John l'avait entendue et suppliait les individus de ne pas lui faire de mal.

La suite des évènements s'était enchaînée : Mélody avait été précipitée dans le fourgon à côté de John. Les choses s'étaient déroulées si vite qu'elle continuait toujours d'analyser ce qui était arrivé. Mais dès que son visage avait été recouvert par un tissu, la terreur l'avait envahie brutalement, rapidement.

Elle avait capté le regard de John avant qu'on ne la rende aveugle et ce qu'elle y avait vu était de la fureur et la promesse qu'il les ferait sortir de là tous les deux, peu importait *ce* qu'il se passerait.

L'un des hommes à l'arrière du fourgon lui avait agrippé fermement le haut du bras et l'avait serré serrait si fort qu'il aurait été impossible pour elle de se dégager de sa prise. Alors elle avait décidé d'attendre. De voir ce qui allait se produire ensuite. À la première occasion, Melody s'enfuirait. Elle savait mieux que quiconque ce qui arrivait si vous étiez éloigné de la civilisation... rien de bien.

Ils avaient roulé pendant un court instant avant que le véhicule ne ralentisse. Elle s'était tenue prête à faire quelque chose... arracher ce qui leur recouvrait la tête, se servir de ses ongles pour crever les yeux de celui qui serait à sa portée, se jeter sur le chauffeur pour qu'il ait un accident... quelque chose. *N'importe quoi*. Ils ne lui avaient pas attaché les mains dans le dos, mais l'un des hommes de main avait maintenu fermement son biceps.

Elle avait entendu la portière s'ouvrir en coulissant mais sans que le fourgon s'arrête. Elle avait senti la main sur son bras se serrer davantage. Puis elle s'était retrouvée en train de tomber dans le vide après avoir été brutalement poussée par quelqu'un.

Melody n'avait eu qu'une demi-seconde pour s'étonner que l'homme l'avait balancée d'un véhicule en marche avant que la douleur n'explose dans son corps. Elle avait heurté durement l'asphalte, roulant sur elle-même encore et encore.

Malgré la souffrance immense et l'agonie, Melody avait conscience de n'avoir entendu aucun bruit provenant de John se faisant également éjecter du fourgon.

Levant une main, elle tira violemment sur ce qui lui recouvrait la tête, pile à temps pour voir l'arrière du véhicule blanc disparaître au loin. C'était trop loin pour discerner la plaque d'immatriculation et comme elle l'avait suspecté, aucun signe de John allongé quelque part à proximité, après avoir été jeté du van.

Elle resta assise au sol un moment, tâchant de comprendre ce qui avait bien pu se passer. Rien n'avait de sens. Les hommes ne l'avaient même pas touchée, pas vraiment. On ne l'avait pas attachée ni trop blessée pour la maîtriser.

Évidemment, *maintenant*, elle était blessée. Sa hanche gauche lui faisait mal là où elle avait atterri. Sa tête également. Elle sentait du sang couler sur sa nuque. Son bras gauche hurlait sa douleur et quand Melody baissa les yeux, elle le vit tordu dans un angle étrange, de toute évidence cassé.

Elle était recouverte d'égratignures et ses chaussures l'avaient quittée depuis longtemps... elle les avait probablement perdues pendant sa lutte dans le jardin des voisins. Comment avaient-ils bien pu se faire enlever en milieu de journée sans qu'une seule personne ait remarqué ce qui arrivait ? Mais là encore, peut-être que quelqu'un avait bien vu et qu'il avait appelé la police. Les flics pouvaient même être à leur recherche à présent, en train de se disperser dans la ville de Washington de Pennsylvanie, en quête de Melody et John.

Regardant autour d'elle, elle réalisa qu'elle n'avait aucune idée du lieu où elle était. Elle était à moitié étendue sur la chaussée et dans les hautes herbes. Il y avait une clôture derrière elle et de grands champs parsemés de quelques cultures des deux côtés de la route.

Les sourcils froncés, elle scruta de nouveau l'endroit d'où ils étaient arrivés. Il n'y avait aucune voiture. Aucun son. Ses kidnappeurs l'avaient éjectée du fourgon au milieu de nulle part. Elle avait vécu dans les alentours pendant longtemps, mais elle ne reconnaissait pas le coin dans lequel elle se trouvait actuellement. Des larmes menaçaient de couler, cependant Melody les ravala. Elle ne pouvait pas pleurer. Pas maintenant. Pas quand les hommes qui l'avaient emmenée détenaient toujours John. C'était un satané ancien SEAL de la Navy, oui, mais elle n'arrivait pas à occulter de son esprit la vision de son visage déjà contusionné. Il saignait et elle avait vu les menottes à ses poignets avant qu'on ne leur recouvre la tête.

Melody fut frappée par l'idée qu'ils l'avaient probablement embarquée pour que John reste docile. Et ça avait marché.

Elle devait trouver de l'aide.

Elle essaya de se lever et découvrit que c'était presque impossible. L'articulation de sa hanche semblait déboîtée et son bras lui faisait si mal que sa vision s'obscurcissait quand elle le bougeait tandis qu'elle s'efforçait de se mettre debout. Elle se tint sur la route sinueuse, priant pour ne pas tomber et se blesser encore plus qu'elle ne l'était déjà.

Elle était animée par la détermination. Elle était le seul lien menant à John. Elle essaya de se souvenir de chaque détail dans ce qui venait d'arriver. À quoi ressemblait le fourgon, de quoi avaient l'air les hommes – bien qu'ils n'aient pas beaucoup parlé – et même les odeurs. Toute information que la police pourrait exploiter.

Melody se mit à descendre la route en claudiquant, priant pour voir une maison avant que la douleur ne devienne trop forte et qu'elle s'évanouisse. Elle avait à peine fait plus de cinq pas en boitant lorsqu'elle aperçut quelque chose devant elle sur la route qui ne paraissait pas être à sa place.

C'était une brique peinte en jaune. Se rapprochant, Melody repéra un bout de papier qui l'enveloppait, fixé avec un élastique. Elle avait dû être jetée du fourgon en même temps qu'elle. Pour quelle autre raison serait-elle là ?

Elle n'était pas la femme de John Keegan, aka Tex, pour rien, et Melody savait bien qu'il ne fallait pas toucher la brique ni le mot avec ses mains nues. Elle pria pour que les kidnappeurs aient laissé leurs empreintes ou tout ADN sur le papier ou sur la brique.

Voulant terriblement savoir ce qu'il y avait d'écrit sur ce foutu papier, Melody poursuivit sa marche. Elle enverrait la police le ramasser. Maintenant qu'elle était debout, elle avait le sentiment que si elle s'arrêtait, elle pourrait ne pas être capable de repartir. Chaque pas était horriblement douloureux. Mais elle souffrirait de n'importe quel désagrément si cela lui permettait de trouver de l'aide pour John.

Penser à ce qu'il pouvait être en train de traverser suffisait presque à la briser, mais Melody prit une grande inspiration et continua de marcher, regardant derrière elle de temps en temps, terrifiée que ses kidnappeurs estiment avoir fait une erreur en la laissant partir et qu'ils reviennent la chercher.

Elle ignorait complètement depuis combien de temps elle marchait, la douleur qui rongeait son corps reléguant toute notion de temps au second plan, lorsqu'elle aperçut au loin une voiture qui roulait vers elle.

S'immobilisant, Melody se mit au milieu de la route. La voiture devrait soit la renverser, soit s'arrêter. Et si c'étaient ses kidnappeurs qui étaient revenus, ils choisiraient sûrement la première option. Mais elle était à bout. Elle ne pouvait faire un pas de plus.

À son immense soulagement, le véhicule ralentit en s'approchant. Une femme conduisait et Melody pouvait apercevoir deux jeunes enfants dans des sièges auto à l'arrière.

La femme s'arrêta et dévisagea Melody, choquée.

Melody ne bougeait pas. Elle ne voulait pas avoir l'air d'une menace, surtout envers une maman avec des gosses. Voir ces enfants lui fit penser aux siennes. Elle fut soudain si reconnaissante qu'Hope n'ait pas été avec eux ! Qu'on lui ait épargné cette expérience.

— Je vous en prie, dit-elle, haussant la voix dans l'espoir de pouvoir être entendue à travers les vitres fermées de la voiture et par-dessus le moteur. J'ai besoin d'aide.

Melody positionna même son bras valide devant elle, tâchant de montrer qu'elle n'était pas armée.

La femme abaissa la vitre côté conducteur de quelques centimètres.

— J'appelle la police ! cria-t-elle.

Melody hocha la tête, le soulagement lui filant le tournis. Ou peut-être était-ce la douleur après avoir été éjectée d'un véhicule en marche. Elle n'osait pas bouger du milieu de la route toutefois, pétrifiée à l'idée que la femme s'en aille simplement et ne fasse pas ce qu'elle avait promis... c'est-à-dire appeler la police.

Elle observa la femme poser un téléphone contre son oreille et remuer ses lèvres. Melody ne quittait pas sa sauveuse du regard, elle ne voulait pas prendre le risque de regarder ailleurs de crainte que ce ne soit qu'une illusion. Un mirage. Imaginé par son esprit empli de douleur.

La femme finit par ouvrir prudemment la portière de la voiture et se tenir à côté, le portable à son oreille.

— Les secours veulent savoir ce qui ne va pas ! s'écria-t-elle.

Melody voulait s'effondrer. Voulait céder à l'inconscience qui planait aux confins de son esprit. Mais elle se força à rester debout. Alerte. John avait besoin d'elle.

— Mon mari et moi avons été kidnappés. Ils m'ont poussée hors du fourgon, mais ils le détiennent toujours. Pitié, il a besoin d'aide !

— Quel est votre nom ? lui demanda la femme d'une voix désormais plus douce, s'étant même éloignée d'un pas de la voiture.

— Melody Keegan. Le nom de mon époux est John.

Nous vivons à Washington. C'était un fourgon blanc. Il y avait trois hommes, euh non, c'était le nombre dans le fourgon. Je crois qu'ils étaient cinq ou six en tout. Zut. Je ne suis pas sûre à cent pour cent de leur nombre.

La femme s'approcha de Melody. Elle parlait toujours avec l'opérateur des secours, transmettant l'information que Melody lui avait fournie avant d'ajouter :

— Elle a l'air gravement blessée. Elle saigne et son bras n'a pas l'air d'être bien en place. Faites vite, s'il vous plaît.

— Merci, lui murmura Melody, plus que redevable envers cette femme qui donnait de sa personne pour l'aider.

Il lui vint à l'esprit qu'elle aurait pu faire une embardée pour l'éviter sur la route. En réalité, elle n'était pas en condition de forcer la femme à s'arrêter.

— Vous voulez vous asseoir ? lui demanda-t-elle, désignant le bas-côté de la route.

Melody secoua la tête. Elle souhaitait un tas de choses en ce moment mais s'asseoir n'en faisait pas partie. Elle voulait John. Pour la première fois, elle se sentit submergée par l'angoisse. Elle ne savait pas du tout comment vivre sans lui. Il était son roc depuis si longtemps ! Il fallait qu'il aille bien. Il le *devait*.

Son mari était l'homme le plus fort qu'elle connaissait. Tout irait bien pour lui. Bientôt, tout cela ne serait rien d'autre qu'un mauvais souvenir. Il serait de retour dans le sous-sol, passant le Net et le *dark web* au peigne fin à la recherche d'infos pour aider à retrouver ceux qui avaient le plus besoin de lui.

L'ironie que ce soit *John* qui soit celui ayant besoin d'être retrouvé maintenant ne lui avait pas échappé. Il n'avait pas de traqueur, à sa connaissance. De plus, elle ignorait complètement comment fonctionnaient les logiciels sur ses ordinateurs même s'il en *portait* un. Elle pouvait surfer sur le web, faire des achats en ligne, s'occuper de ses e-mails, de ses réseaux sociaux et des messageries, mais c'était tout.

Il vint ensuite à l'esprit de Melody que si la police ne pouvait localiser son époux en quelques heures, elle devrait solliciter des renforts. John avait un immense cercle d'amis et de relations. Des gens qu'il avait aidés par le passé. Qui, elle l'espérait, n'hésiteraient pas à lui retourner la faveur. Elle ignorait comment mettre la main sur les personnes que connaissait John, mais elle savait par qui commencer.

Wolf. Matthew Steel. L'un de ses plus vieux et chers amis. Matthew et ses coéquipiers du SEAL, tous retraités aujourd'hui, sauraient quoi faire.

Quand Melody entendit des sirènes au loin, la douleur qui coulait dans ses veines avait presque surpassé tout le reste.

Encore une minute. C'est tout ce dont tu as besoin pour supporter. Reste consciente encore une minute. Juste assez pour parler de la brique à la police. Pour les avertir au sujet de l'ADN et des empreintes digitales. Et puis, tu pourras fermer les yeux et dormir.

Non, tu ne peux pas dormir. Tu dois leur raconter ce qui est arrivé.

Encore deux minutes alors. C'est tout. Tu peux le faire. Tu dois rester éveillée, Hope sera inquiète quand elle rentrera à la maison et que vous ne serez pas là. Tu dois prendre sur toi, Mel. Appelle Amy, demande-lui de venir s'occuper de Hope si tu n'arrives pas à temps à la maison. Oh ! Les courses ! Elles vont pourrir si elles ne sont pas rangées. Elle pourra s'en charger aussi...

Melody avait conscience que ses pensées ricochaient d'un sujet à l'autre. Mais c'était le seul moyen de détourner son attention de l'agonie qui s'empirait de seconde en seconde. L'adrénaline s'estompant de son organisme, la douleur n'était pas loin de la submerger.

Elle devait demander aux flics de contacter sa meilleure amie. Amy Smith. Ames. Elle s'occuperait de Hope. Des courses. De sa voiture. Appellerait Akilah et lui dirait ce qui était arrivé. Tout.

Rester sur ses pieds pendant que l'ambulance et la voiture de police se garaient était une torture. Elle attendit qu'ils viennent à elle. Dès qu'ils furent proches, elle se mit à parler. Leur dit tout ce qui lui traversait l'esprit en tourbillonnant. Car elle avait le sentiment que dès que les secouristes se mettraient au travail avec elle, la douleur serait trop insupportable et elle serait incapable de rester consciente. Même si elle le faisait, les antidouleurs qu'elle espérait vraiment recevoir de leur part la plongeraient dans les vapes.

Elle n'avait qu'une seule chance pour leur transmettre autant d'infos que possible pour qu'ils puissent trouver John. Elle n'allait pas le laisser tomber. Jamais de la vie.

3

_____

Quand Tex revint à lui, il prit conscience simultanément de plusieurs choses.

Premièrement, il était nu. On lui avait retiré tous ses vêtements, même ses sous-vêtements.

Deuxièmement, ces enfoirés avaient également pris sa prothèse. Son seul moyen de sortir de l'endroit dans lequel il était retenu, c'était à cloche-pied, ce qui le faisait chier.

Troisièmement, il faisait vachement sombre aussi.

Et quatrièmement, on passait du heavy metal si fort qu'il lui serait impossible d'entendre quiconque parler même si on se tenait juste devant lui.

Tendant les mains, Tex essaya de comprendre où il se trouvait. Il rampa du mieux qu'il put, tentant d'atteindre un mur, une fenêtre ou autre. Mais il n'y avait pas de fenêtre. Pas de meuble. Rien. Il comprit rapidement qu'il était dans une espèce de boîte. Se basant sur sa taille et le fait que sa tête et ses pieds ne touchaient pas les extrémités de la boîte dans laquelle il était lorsqu'il était allongé sur le dos, mais que s'il levait les bras au-dessus de sa tête, il pouvait sentir le mur au-dessus de lui, il se dit que l'espace dans lequel il était faisait environ deux mètres de long sur un mètre de large. Il ne pouvait pas se mettre debout mais au moins, ce n'était pas un putain de cercueil. Il pouvait s'agenouiller et s'étirer. Il estimait la hauteur à un mètre cinquante.

C'était tout. Toutes les infos qu'il détenait dans la situation actuelle. Aucune idée de l'identité des personnes qui l'avaient enlevé, ce qu'ils voulaient, où était Melody. C'était ce dernier point qui rongeait Tex. S'était-elle blessée quand ils l'avaient poussée hors du fourgon ?

Il pouffa. Quelle question stupide. *Évidemment* qu'elle s'était blessée ! On l'avait balancée d'un putain de véhicule en marche !

Tex avait déjà été retenu en otage auparavant, quand il était un SEAL. Il fréquentait des gens qui avaient été kidnappés au quotidien. Mais là, ça semblait différent... et pas parce que c'était *lui* qui était dans cette putain de boîte. L'inquiétude circulait dans ses veines. Il n'avait aucune information. Rien pour essayer de comprendre qui l'avait emmené et pourquoi. Personne n'avait dit grand-chose quand ils l'avaient frappé. D'expérience, il avait constaté que la nature humaine incitait les ravisseurs à palabrer, à exprimer leurs griefs quand ils enlevaient quelqu'un, ou du moins après les avoir maîtrisés. Or, ceux qui l'avaient kidnappé ne s'y étaient pas prêtés, ce qui était... préoccupant.

— Hé ! cria-t-il, espérant attirer l'attention de quelqu'un.

C'était risqué car s'ils savaient qu'il était réveillé, ils pouvaient décider de lui faire encore plus de mal. Mais plus ils interagissaient avec lui, plus il espérait obtenir des informations qu'il pourrait utiliser contre eux.

Il s'entendit à peine par-dessus la musique. Il réessaya.

— Y a quelqu'un ? hurla-t-il.

Rien. Il n'eut aucune réponse. Personne ne vint voir pour quelle raison il braillait.

Il avança à tâtons dans la boîte, ses mains explorant l'espace jusqu'à rencontrer ce qui ressemblait une sorte de porte, mais il n'y avait pas de poignée sur le côté. Pas de verrou à forcer. Il était bel et bien coincé.

Poussant un soupir, Tex s'adossa contre la boîte et se tortura l'esprit pour tenter de comprendre qui avait eu les couilles de les kidnapper, sa femme et lui, en pleine

journée. Dans leur propre rue, en plus. Personne ne lui
vint en tête.

Oui, Tex avait eu affaire à un tas d'enfoirés dans le
cadre de ses fonctions. Des gens qu'il avait contrariés,
car il avait contrecarré leurs plans abominables. Il avait
fouiné dans des dossiers financiers personnels et
exposé des secrets que les criminels auraient préféré
gardé dans l'ombre. Mais il n'était pas un idiot. Il savait
comment brouiller les pistes. Il ne laissait aucune trace
de sa présence quand il dénichait des infos en ligne. De
plus, peu de gens sauraient quoi chercher de toute
manière.

Il n'avait jamais demandé à être rémunéré pour
retrouver des personnes disparues ; c'était simplement
la meilleure des choses à faire ! Mais ses traqueurs
étaient payants, et grâce à eux, Tex avait fait fortune
avec les années. Ils étaient devenus de plus en plus
populaires au fil du temps et étaient désormais la
norme parmi les communautés des forces spéciales
qu'il servait. Le gouvernement avait réglé une jolie
somme pour avoir l'exclusivité des droits de la techno-
logie qu'il avait créée.

Bien entendu, là, tout de suite, il aurait pu utiliser
lui-même l'un de ses tout nouveaux traqueurs sous-
cutanés. Mais même s'il chopait des criminels tout le
temps, déjouait leurs plans en retrouvant les gens qu'ils

avaient enlevés, il n'avait honnêtement pas pensé qu'il serait *lui-même* une cible à kidnapper. Ce qui était incroyablement stupide de sa part. Sa vie, ces derniers temps, avait été tellement ennuyeuse... et il en avait aimé chaque seconde. Il passait les journées dans son sous-sol, à bricoler les traqueurs et rechercher les disparus, et ses soirées avec sa femme et sa fille. Ces dernières années avaient été idylliques... Voir Akilah grandir et être de plus en plus à l'aise dans son propre corps. Voir Melody s'épanouir en tant que mère. Et bien sûr, être gaga avec son bébé Hope.

Bon sang, le moment le plus difficile parmi ses souvenirs récents, avait été quand leur chien coonhound, Baby, était décédé. Elle avait eu une longue vie, gâtée sans la moindre honte. Melody et lui avaient parlé d'avoir un autre chien mais décidé que non. Aucun autre chien ne pourrait être à la hauteur de Baby et ce serait injuste pour l'autre animal d'être constamment comparé au meilleur chien qui avait vécu.

Tex se frotta la tête. Ça faisait tellement mal ! Les enfoirés qui l'avaient kidnappé ne lui avaient pas fait de cadeaux – littéralement – quand ils l'avaient tabassé. Son nez était probablement définitivement cassé et chaque centimètre de son visage était gonflé et douloureux. Ses côtes étaient contusionnées, au mieux, fêlées ou cassées au pire. Il avait sans doute des bleus sur tout le corps... mais il était en vie. Et comme il l'avait toujours dit aux autres, être vivant, c'était avoir une chance de s'échapper et d'être secouru. Il devait juste être patient. Ses ravisseurs finiraient par déconner ; ils le faisaient toujours.

Une inquiétude tenace s'accrochait à un recoin de son esprit... Qui serait capable de débusquer les erreurs qu'ils avaient commises ? En général, cette personne, c'était *lui*. Il pouvait dénicher une aiguille spécifique dans une meule de foin. Il n'avait pas autant confiance envers les détectives des forces de police locale. Oh, ils étaient bons. Mais Tex était le meilleur. Et il avait le sentiment que les hommes qui l'avaient emmené étaient très bien payés pour ne pas commettre d'erreurs. Ce qui n'augurait rien de bon pour lui.

— Putain..., dit Tex, incapable d'entendre ses propres mots à cause de la musique retentissant tout autour de lui.

Il y avait des personnes presque aussi douées que lui. Il avait déjà en tête des gens dotés de meilleures capacités que lui. S'ils bossaient tous ensemble, ils seraient clairement meilleurs qu'il ne le serait jamais. Mais seraient-ils contactés ? Si Melody était trop salement amochée, elle était probablement dans un hôpital, sans être en état de solliciter quelqu'un. Il pourrait se passer des jours avant que ses plus proches amis réalisent qu'il avait disparu. Des jours qu'il pourrait ne pas avoir devant lui.

— Merde, dit-il à voix haute.

Il n'avait aucune idée du temps écoulé depuis qu'il avait été enlevé brutalement en pleine rue, mais ce n'était pas bon signe s'il était déjà déprimé et larmoyant.

Reprends-toi, se dit-il. *Melody est futée. Et super forte. Elle va gérer.*

Tant de questions tourbillonnaient dans sa tête, mais les capacités de Melody n'en faisaient pas partie. Il avait une confiance aveugle en son épouse.

Un petit sourire satisfait se forma sur ses lèvres. Tel qu'il connaissait Mel, elle déchaînait les enfers et disait aux flics comment faire leur boulot. Elle était la femme de Tex depuis longtemps. Ce qu'il faisait avait dû déteindre sur elle. Elle aurait le cran de lancer l'enquête, il n'en doutait nullement. Sa Mel remuerait ciel et terre pour le trouver. Si elle ne pouvait le faire seule, elle contacterait ceux qui le pourraient.

Penser à sa femme était à la fois une douleur et un baume pour son âme blessée. Il priait pour qu'elle aille physiquement bien et qu'elle ne soit pas en cet instant entre les mains des mêmes gens qui l'avaient enfermé à clé. Il l'avait entendue être poussée hors du fourgon, mais ça ne signifiait pas que quelqu'un d'autre ne l'avait pas récupérée et emmenée dans un autre endroit.

Cette pensée-ci donna à Tex l'envie de vomir. Il ne savait que trop bien ce qui arrivait en général aux femmes captives. Mais il doutait que les hommes qui l'avaient enlevés l'aient transmise à un autre groupe de kidnappeurs en l'éjectant d'une voiture. Non, ils l'auraient conduite dans un hangar quelque part et auraient procédé à un échange bien moins dramatique... et public.

Les individus qui leur avaient tendu une embuscade alors qu'ils rentraient chez eux du magasin le voulaient *lui*. Dans quel but, il devait encore le trouver. Mais il le ferait. Et ils paieraient. *D'une façon ou d'une autre, putain, ils paieront.*

Melody avait mal.

Partout.

Mais la douleur était secondaire, comparée à l'anxiété qui la rongeait. La police ne cessait de poser les mêmes questions, inlassablement. Elle n'était absolument pas convaincue qu'ils croyaient son histoire saugrenue quant à ce qui était arrivé.

Elle les supplia de se rendre chez ses voisins et de se

renseigner à propos des caméras de surveillance. Il y avait sûrement *quelqu'un* qui avait enregistré leur enlèvement sur vidéo cassette.

Est-ce qu'on disait encore ça de nos jours ? « Cassette » ? Non, il n'y avait plus de cassettes. Sur une pellicule ? Il n'y avait pas de pellicule non plus.

Putain, son esprit continuait de s'égarer vers des sujets sortis de nulle part. Elle devait se concentrer. Et il lui fallait un téléphone. Elle ignorait complètement où se trouvait son portable. Encore dans leur voiture, sans doute.

— Vous avez retrouvé notre voiture ? demanda-t-elle.

— Bien sûr. Elle était dans votre allée, répondit calmement le détective assis à côté de son lit d'hôpital.

Melody cligna des yeux.

— Quoi ?

— Dans votre allée. C'est là que nous avons retrouvé votre voiture.

— Vous avez recherché des empreintes ?

Le détective se contenta de la fixer sans dire un mot pendant un instant interminable.

— Je vous l'ai *dit*, nous avons été extirpés de notre voiture au milieu de la route. Si notre voiture se trouve dans notre allée, c'est que quelqu'un l'a mise là. Quelqu'un qui n'était ni moi ni John. Ils ont dû laisser des empreintes. J'ai bien conscience qu'il y a peu de chances, car ils semblaient vraiment organisés et du genre efficaces, mais peut-être que...

— Nous avons réquisitionné la voiture. La scientifique la passera au peigne fin.

Melody hocha la tête, soulagée.

— Nous restons attentifs à tout signe de votre mari et du fourgon, mais sans une meilleure description que « fourgon blanc », je ne suis pas certain de notre succès.

Melody détestait entendre ça, mais elle n'en fut pas surprise.

— Ils ont mis cette cagoule sur ma tête avant que je ne puisse voir la plaque d'immatriculation. Vous l'avez trouvée ? Je parle de la cagoule.

Le détective acquiesça.

— Bien. Et la brique jaune ? Elle aussi ?

— Oui.

— Que disait la note ?

— Je n'en suis pas sûr. Ce sera également examiné par la scientifique. Bonne idée de ne pas l'avoir touchée. Et maintenant, que pouvez-vous me dire concernant votre relation avec votre mari ?

Melody cilla.

— Ma relation ?

Elle détestait répéter ses questions, toutefois celle-ci sortait tellement de nulle part qu'elle n'était pas certaine de comprendre pourquoi il la posait. Mais là encore, elle avait une commotion, sa tête ayant heurté le trottoir pendant ses nombreuses roulades quand elle avait été poussée d'un foutu véhicule en marche, alors elle ne devait pas se montrer trop dure avec elle-même.

— Ouais. Vous vous entendez bien ? Vous avez des problèmes d'argent ? Est-ce que l'un de vous deux a une liaison ?

Melody était tellement surprise qu'elle ne put que dévisager le détective, confuse.

— En quoi l'un de ces trucs aurait à voir avec le fait que nous avons été kidnappés ? Ne devriez-vous pas être en train de me demander si John avait des enne-mis ? Si je connais quelqu'un qui voudrait l'enlever ? Lui faire du mal ?

— C'est le cas ?

Le ton suspicieux dans la voix de cet homme indi-quait à Melody pour la première fois qu'il pensait qu'*elle* devait avoir un lien avec ce qui était arrivé.

Se penchant en avant sur le lit d'hôpital, elle grimaça mais regarda le détective dans les yeux.

— Je ne le dirai qu'une fois et ensuite, j'attendrai que vous fassiez votre putain de boulot et retrouviez mon mari avant que les hommes qui l'ont emmené ne puissent lui faire du mal, ou pire. Je n'ai. Rien. À. Voir. Avec. Ça. Absolument *rien*. Tout ce que je veux, c'est que mon mari revienne.

— C'est ce que je veux également. Mais j'ai besoin d'informations pour le retrouver.

Melody se rassit, énervée au-delà de l'imaginable.

— Il me faut mon téléphone, lâcha-t-elle.

Elle ne tirerait rien de ce mec. Elle le comprenait désormais. Alors il lui fallait de l'aide.

— Il est au poste. Vous le récupérerez quand nous aurons obtenu un mandat et qu'on y aura jeté un œil.

C'était le coup de grâce. Sa tête lui faisait mal. Son bras la faisait atrocement souffrir et elle n'était pas pressée qu'on y mette un plâtre ; elle était justement en train d'attendre que le docteur s'en occupe lorsque le détective avait demandé à lui parler. Sa hanche exhalait une souffrance insupportable. Sans parler des égratignures dues à sa chute sur le bitume qu'elle avait sur tout le côté gauche et qui lui donnaient l'impression d'avoir eu la peau retirée lentement et douloureusement... parce que c'était le cas.

— John et moi sommes plus amoureux aujourd'hui que nous l'étions quand nous nous sommes mariés, si c'est seulement possible. Non, nous n'avons pas de problèmes d'argent et aucun de nous n'a une liaison. J'ai besoin des numéros dans mon téléphone afin de pouvoir passer des coups de fil.

— John a-t-il une assurance-vie ?

C'était terminé. Melody en avait assez maintenant.

— Sortez, pesta-t-elle. Je mets fin à cet interrogatoire. Je suppose que je suis en état d'arrestation, alors la discussion est close. Si vous vous sortez les doigts du cul, prévenez-moi et je serai ravie de vous reparler. Me traiter comme un suspect au lieu d'une personne qui a subi un putain de kidnapping et qui a été éjectée d'une foutue voiture est stupide, et cela ne vous aidera pas à retrouver mon époux !

— Mel !

Le cri provenant de la meilleure amie de Melody, Amy, postée à l'entrée, fut le son le plus doux que Melody avait entendu ces dernières heures.

— Ames !

L'air dévasté sur le visage de son amie indiqua à Melody tout ce qu'elle avait besoin de savoir concernant son apparence. Amy passa devant le détective – qui se leva pour reculer – et se pencha au-dessus du lit d'hôpital. Elle embrassa Melody avec beaucoup de précautions et même si ça lui faisait mal, rien ne lui avait jamais semblé aussi agréable.

— Si vous avez souvenir d'autre chose, passez-moi

un coup de fil, s'il vous plaît, dit le détective. Je vous laisse ma carte ici, sur la table.

— Comment puis-je vous appeler ? Vous avez mon téléphone, vous avez oublié ? répondit Melody avec sarcasme.

Le détective fit simplement un hochement de tête à Melody et Amy, puis quitta la chambre.

— Attends, il s'en va ? Et la sécurité ? Les gardes du corps ? Les enfoirés qui ont fait ça peuvent revenir et t'enlever à nouveau ! s'exclama Amy.

— Ils m'ont poussée d'un fourgon qui roulait, Ames. Je ne pense pas qu'ils veuillent de moi.

— Mais si c'était le cas ? la contredit-elle. Et s'ils ne faisaient que te torturer ou un truc du genre ?

Melody ne voulait même pas songer à ça.

— Tu as vu Hope ?

Elle avait demandé au personnel de l'hôpital de contacter Amy et exigé qu'elle veille sur sa fille. La dernière chose dont elle avait besoin, c'était d'apprendre que Hope avait également été enlevée.

— Oui. Elle va bien. Elle est à l'école pour son entraînement de volley-ball. Je lui ai dit que vous aviez eu un accident mais que vous alliez bien. Que tu m'as demandé de lui dire de rester à l'école. J'ai aussi parlé brièvement à sa coach et expliqué ce qui était arrivé. Elle a dit qu'elle veillerait sur Hope de très près pour s'assurer que rien ne lui arrive. J'irai à l'école à la fin de son entraînement et l'amènerai ici, que tu puisses lui apprendre ce qu'il s'est passé. Puis elle pourra rentrer avec toi.

— Merci, dit Melody, infiniment soulagée d'avoir une amie aussi incroyable sur laquelle compter.

Elle ne voulait même pas imaginer Hope entre les mains des mêmes personnes qui les avaient emmenés, John et elle, et elle se sentait bien mieux en sachant que quelqu'un gardait un œil sur elle.

— Et maintenant, comment ça se passe pour retrouver John ?

— Le détective voulait savoir si l'un de nous deux avait une liaison et si John avait une assurance-vie... insinuant que j'avais quelque chose à voir avec ça. J'ai besoin de mon portable, Amy. Au moins des numéros qui sont dedans. Il faut que j'appelle les amis de John. J'ai besoin d'eux.

Amy eut l'air vraiment très contrariée.

— Quel putain de con ! John et toi êtes les gens les plus solides que j'ai jamais rencontrés. Où est ton téléphone ?

— Au poste de police.

Amy fit la grimace.

— Merde. Je suppose que ce détective ne s'en allait pas pour aller le chercher et te le rapporter...

Melody fit non de la tête, ignorant la douleur que cela causait.

— Bon. Alors... tu as eu un nouveau téléphone l'an dernier, non ? Qu'as-tu fait de ton ancien ?

— Je pense qu'il est dans le tiroir à bazar dans notre cuisine. J'ai dit à John qu'on devrait effacer toutes les données et le vendre, mais il a dit que le nettoyer ne marche jamais vraiment et que les données peuvent toujours être téléchargées si quelqu'un sait comment faire.

Elle se fichait pas mal de parler de John. C'était douloureux mais aussi réconfortant en cet instant. Il s'inquiétait sans doute plus pour *elle* que pour ce qu'il lui arrivait.

— Parfait. J'irai le chercher. Il est sûrement à plat, mais je le chargerai en chemin, en revenant ici. Il contient probablement encore tes contacts et autres trucs, n'est-ce pas ?

Melody s'égaya.

— Ouais. Tu es un génie !

À son grand étonnement, les yeux d'Amy s'emplirent de larmes.

— Je suis si contente que tu ailles bien. J'ai eu si peur quand tu m'as appelée et que tu m'as raconté ce qu'il s'est passé. Je sais que ça craint que tu aies été blessée, mais je suis si contente qu'ils ne t'aient pas emmenée, toi aussi.

— Ils m'ont prise uniquement pour que John reste docile, murmura Melody, plus sûre de cela que de tout le reste. Il luttait vivement contre eux, mais dès qu'il a vu qu'ils me détenaient, il a abandonné. Il les a suivis sans causer d'autres difficultés.

— Merde.

— Ouais...

— Tu as une idée de qui l'a enlevé ?

— Aucune.

— Bon. Il te faut ton téléphone. Je reviens.

— Merci, Amy.

— Pas besoin de me remercier.

— Et maintenant, tu parles comme John.

Les lèvres d'Amy tressaillirent.

— C'est parce que j'ai traîné avec lui presque autant que j'ai traîné avec toi. Hashtag meilleurs amis pour la vie, dit-elle, proférant les mots stupides qu'elles prononçaient depuis leur rencontre à l'école.

C'était d'ailleurs l'une des choses qui avait énervé le harceleur de Melody toutes ces années, mais les deux femmes avaient refusé d'arrêter de dire cette phrase.

— Hashtag je t'aime, chuchota Melody, se sentant soudain exténuée.

— Dis au médecin qu'il ferait mieux d'être gentil

avec toi ou il devra répondre de moi, déclara féroce-
ment Amy.

Puis elle pressa brièvement la main valide de
Melody et se dépêcha de sortir de la chambre.

Melody ferma les paupières. Elle n'était pas assez
forte pour ça. John l'encensait toujours comme étant
l'une des femmes les plus fortes qu'il connaissait, mais
elle ne l'était pas. Pas vraiment. Tout ce qu'elle voulait
faire, c'était fermer les yeux et dormir, refouler tout ce
qui s'était passé. Cependant, elle ne pouvait pas faire ça.
Ni elle ni John ne pouvaient compter sur la police
locale. Les flics feraient de leur mieux, elle n'en doutait
pas, mais s'ils pensaient qu'*elle* avait quelque chose à
voir avec sa disparition, ils étaient tellement à côté de la
plaque que ça n'en était même pas drôle. Et ça leur
prendrait bien trop de temps pour comprendre qu'elle
était complètement innocente et revenir sur la bonne
piste, celle des vrais kidnappeurs. Du temps dont John
ne disposait pas.

Il avait des ennuis. Comment le savait-elle, elle n'en
était pas sûre... Peut-être à cause de ce professionna-
lisme dont leurs ravisseurs semblaient faire preuve. La
facilité avec laquelle avait eu lieu l'enlèvement. Si John
devait être retrouvé, en vie, il lui fallait les meilleurs des
meilleurs. Et bien qu'elle ignorait qui seraient ces
personnes, Wolf, lui, le saurait. Le meilleur ami de John

disposait d'informations confidentielles que n'avait pas Melody concernant les gens avec qui John avait travaillé par le passé. L'ancien SEAL de la Navy saurait qui appeler, comment faire avancer les choses pour trouver son ami.

Elle comptait là-dessus.

4

La porte de la prison de Tex s'ouvrit subitement, faisant entrer un rayon de lumière qui fut si douloureux qu'il serra les paupières pour protéger ses yeux. Durant cette demi-seconde, on le saisit par les bras et on le tira pour qu'il se mette debout. La musique cessa tout à coup et le silence qui s'ensuivit fut si agréable que Tex s'en fichait presque d'être nu et contusionné, et d'être traîné violemment hors de cette satanée boîte.

Plissant les yeux, faisant en sorte que ceux-ci s'ajustent au flot soudain de lumière, Tex vit qu'il était dans une pièce sans aucun meuble, excepté une unique chaise en bois... ce qui n'augurait rien de bon pour lui.

Bien entendu, il fut jeté sur le siège, les mains tordues dans son dos. Elles étaient liées, trop serrées, et ce fut seulement à cet instant que les deux hommes reculèrent.

Ils avaient fait l'erreur de ne pas lui attacher la jambe à la chaise également, mais il était trop tôt dans la partie pour montrer ses cartes. S'ils l'estimaient complètement impuissant sans sa prothèse, ce pourrait être leur seul faux pas mortel. Pour l'instant, il avait besoin d'infos. Devait apprendre qui l'avait enlevé et pourquoi.

— Qui êtes-vous ?

Il s'était dit qu'il ferait mieux de demander. Peut-être qu'il aurait de la chance et qu'ils lui diraient ce qu'il avait besoin de savoir sans trop insister.

En réponse, le plus grand des deux hommes fit un pas en avant et cogna la mâchoire de Tex avec son poing bien charnu.

Putain. Okay, peut-être qu'ils n'allaient rien lui dire.

Tour à tour, les hommes le frappèrent dans le visage, le ventre, ils le tabassaient... faisant autant de dommages que le pouvaient leurs poings. Tex faisait de son mieux pour protéger ses organes vitaux en contractant son corps et éviter que sa mâchoire ne soit cassée, mais il n'était pas certain d'avoir réussi pour cette dernière.

Au lieu de se concentrer sur la douleur que ses ravisseurs lui infligeaient, Tex s'efforçait de mémoriser tout ce qu'il pouvait chez les deux hommes. Ils étaient grands et musclés. Avaient tous les deux les cheveux brun foncé et les yeux marron. Des foulards noirs recouvraient leurs bouches et leurs nez.

Le plus petit, qui faisait à peu près la taille de Tex, environ un mètre quatre-vingt, était plus musclé que son compagnon. Il transpirait abondamment et sentait la friture. Il avait le dessous des ongles sales et des taches de graisse sur les mains. Il portait également une alliance.

Le plus grand, d'environ un mètre quatre-vingt-dix, était vêtu d'un tee-shirt à manches courtes qui permit à Tex d'apercevoir un tatouage sur son avant-bras. À sa surprise et à sa stupeur, il s'agissait du trident du SEAL ; un aigle tenant un trident, un symbole que tout SEAL de la Navy reconnaîtrait n'importe où.

Tu parles d'une fraternité, pensa Tex, s'affalant sur la chaise, la douleur rendant impossible de garder la tête haute plus longtemps. Durant le passage à tabac, aucun des hommes ne parlait. Ne donnait aucun indice à Tex quant à leur nationalité, ni de quelle partie du pays ils pourraient venir. Il ne savait absolument pas s'il connaissait ces hommes, s'il avait croisé leur chemin auparavant. Tex avait-il travaillé avec le plus grand ? Avait-il traqué leur équipe du SEAL pendant l'une de leurs missions ?

Quand le mec plus petit libéra ses mains, Tex tomba carrément au sol. Tout son corps le faisait souffrir. Du sang coulait de sa lèvre et de son nez, et il avait un tout nouveau lot d'hématomes recouvrant ceux qu'ils lui avaient provoqués lors de son kidnapping.

Du coin de l'œil, il aperçut un pied s'approcher vivement et trouva la force de rouler soudainement sur le côté, évitant de se prendre la botte à bout ferré dans la tête.

Le grand, qui avait tenté de lui donner un coup de pied, ricana. C'était un son sinistre. Un son sans pitié ni remords.

— Retourne dans ta cage, connard, grogna l'homme. Commence à ramper.

Tex fit ce qu'on lui demandait. Si les hommes pensaient l'humilier en lui prenant ses vêtements et en le faisant ramper au sol, ils avaient échoué. L'unique mission de Tex était de survivre une journée de plus. De retourner auprès de sa famille. Rien d'autre ne comptait. Il ferait tout ce qu'on lui demanderait de faire, quand on lui demanderait, si cela signifiait retourner auprès de Mel. Il avait toute confiance en sa femme pour qu'elle sache quoi faire afin de le retrouver. Elle n'abandonnerait jamais. Jamais. Elle était comme ça, sa femme. Forte comme une diablesse.

Quand Tex parvint à revenir dans sa boîte, il vit qu'à

un moment donné, pendant qu'on le frappait, quelqu'un avait posé une bouteille d'eau dans sa cellule de fortune. Ce fut tout ce qu'il aperçut avant que la porte ne se referme en claquant derrière lui et que cette fichue musique reprenne.

Il semblait faire encore plus sombre dans la boîte qu'auparavant. Tex rampa jusqu'à l'endroit où il avait remarqué l'eau et il mit bien plus de temps à ouvrir cette simple bouteille qu'il ne l'aurait cru possible. L'idée qu'on avait pu mettre de la drogue dans l'eau lui traversa l'esprit, mais à ce stade, il s'en fichait. Il en avait besoin. Là encore, s'il retournait auprès de Melody, Hope et Akilah, il ferait tout ce qu'il faudrait pour survivre.

Son estomac fut pris de crampes quand l'eau y arriva, désireux de recevoir plus de substance que pourrait en offrir le précieux liquide, mais Tex refusa toutes pensées liées à la faim. Il était fort probable que le séjour dans la boîte ne soit pas de courte durée. Les hommes qui l'avaient enlevé étaient doués. Trop doués.

Mais ils ne connaissaient pas certaines des personnes avec qui Tex travaillait. Dès qu'elles auraient vent de ce qu'il se passait, elles le retrouveraient. Il n'avait aucun doute là-dessus. Et quand ça arriverait... elles feraient s'abattre les flammes de l'enfer sur ses ravisseurs.

* * *

Le bras de Melody démangeait à cause du plâtre séché utilisé pour mouler son bras. Mais elle s'en moquait. Amy était revenue de la maison avec son ancien téléphone et par chance, tous les contacts s'y trouvaient. Y compris celui de Matthew Steel. Wolf. Elle avait voulu l'appeler dès qu'elle avait obtenu son numéro, mais le médecin avait décidé de la libérer. Alors il y avait eu des formulaires à signer et des blouses stériles à enfiler puisque les vêtements qu'elle portait quand John et elle avaient été kidnappés étaient tachés de sang et déchirés. Puis le détective les avait emportés en guise de «preuves».

Il était risible que cet homme croie qu'elle avait quelque chose à voir avec ça. Mais là encore, il avait vu le pire de l'humanité, jour après jour. Quelles étaient les statistiques ? Plus de quarante pour cent de femmes mariées assassinées par leurs époux ? Elle ne savait pas quel était le nombre pour ce qui était des femmes tuant leurs maris, mais il était évident que le détective devait regarder du côté des proches de John afin de trouver des réponses.

Cependant, il ne découvrirait aucun squelette dans le placard de Melody. La personne qui avait fait ça se cachait dans l'ombre. Et elle avait une dent contre son mari.

Amy conduisait comme si elle avait le diable aux trousses, en direction de la maison de Melody. Elle n'était pas ravie que cette dernière veuille retourner là-bas, mais aucun endroit ne lui semblait plus approprié que celui où elle serait entourée de souvenirs des instants heureux passés avec John. Partout où elle poserait le regard chez eux, elle se souviendrait de lui. Des meilleurs moments.

— Je pense que je devrais rester avec toi, affirma Amy, après avoir terminé de faire le tour de la demeure avec une pelle qu'elle avait récupérée, appuyée contre le mur sur le côté de la maison.

John avait planté un nouvel arbre l'autre jour et ne l'avait pas encore rangée dans le garage. Melody aurait ri à la vue de sa meilleure amie brandissant, menaçante, une pelle tout en ouvrant chaque porte du domicile, mais il n'y avait rien d'un tant soit peu de drôle dans cette situation.

— Quelqu'un doit aller récupérer Hope, lui dit Melody.

— Je peux demander à mon mari de le faire. Il avait un rendez-vous important aujourd'hui, mais ce devrait être terminé maintenant. Ou je pourrais lui envoyer un message et lui demander de la ramener à la maison.

— S'il te plaît, Ames. C'est en *toi* que j'ai confiance pour elle. Elle va poser des questions. Elle n'est pas stupide. Tu peux la ramener directement ici et je lui dirai ce que je sais... ce qui n'est franchement pas beaucoup. Tu peux rester pour la nuit. Ton mari aussi. En fait, je me sentirais mieux si vous le faisiez. Mais j'ai besoin d'un moment pour appeler l'un des amis de John. J'ai besoin d'aide. *Il* a besoin d'aide. Maintenant.

Amy soupira.

— Très bien. Mais j'enclenche l'alarme en partant.

Melody accepta, parfaitement d'accord avec cela.

Amy s'approcha du canapé, là où elle avait incité Melody à s'y laisser tomber quand elles étaient rentrées, et l'enlaça une fois de plus.

— Tu m'as fait peur, dit-elle tout bas en resserrant son étreinte. Je jure que mon cœur s'est arrêté de battre quand tu as dit avoir été kidnappée.

— Je sais, répondit Melody. Je suis désolée.

— Ne sois pas désolée ! rétorqua presque violemment Amy. Ce n'était pas ta faute. Et si tu avais appelé quelqu'un d'autre, je n'aurais pas du tout apprécié. Bon, je m'en vais, comme ça, je pourrai revenir vite. Tu es sûre que tout ira bien pour toi, toute seule, jusqu'à ce que je revienne ?

Melody hocha la tête. Elle était effectivement un peu nerveuse à l'idée d'être seule, mais dès qu'Amy serait partie, elle aurait Matthew à l'autre bout du fil. Si quelque chose se passait, il le saurait. Ce qui n'aiderait franchement pas beaucoup, mais elle ne voulait pas attendre inutilement une seconde de plus pour trouver quelqu'un de plus compétent qu'elle ou que ce fichu détective, pour découvrir où ces hommes avaient emmené John, et pourquoi.

Une fois qu'elle eut entendu la voiture d'Amy faire marche arrière dans l'allée, Melody inspira profondément puis prit son téléphone. Le service de réseau n'était pas activé, mais elle pouvait passer un appel avec le Wi-Fi. Elle cliqua sur le nom de Matthew dans sa liste de contact et retint son souffle, attendant qu'il réponde.

Son cœur battait bien trop vite et elle en ignorait la raison.

— Allô ?

— Matthew ?

— Ouais. Melody ? Quoi de neuf ?

Il devait se demander pourquoi elle l'appelait. Melody avait contacté Caroline de nombreuses fois avec les années. Mais elle ne se souvenait pas d'avoir appelé son époux une seule fois.

— J'ai besoin d'aide. Non, c'est John qui a besoin d'aide. Il a été enlevé.

— *Quoi* ?! Enlevé ?

— Ouais.

Melody mit peu de temps pour lui raconter les événements de la journée.

— Putain. Est-ce que tu vas bien ?

— Ça ira. J'ai le bras cassé, une commotion et des saloperies d'égratignures. Mais je vais bien. C'est pour John que je m'inquiète.

— Okay. Qu'ont dit les flics ?

— Le détective pense que j'ai quelque chose à voir avec ça.

Le souffle révolté que laissa échapper Matthew aida Melody à se sentir cent fois mieux.

— Alors, c'est un idiot.

Chose surprenante, Melody se retrouva à défendre ce mec.

— Il ne nous connaît pas du tout. Apparemment, j'ai engagé quelqu'un ou plusieurs personnes pour faire ça puis me relâcher.

— Pour te pousser d'un véhicule en marche ? Jamais tu ne ferais ça.

— Bref, je sais que John a bossé avec des gens qui se débrouillent bien avec les ordinateurs. Qui font comme lui. Mais j'ignore leurs noms. Il maintient bien la séparation avec cette partie de sa vie, car il veut me protéger des horreurs qu'il gère constamment, je le sais. Je ne cesse de lui répéter que je peux supporter tout ce dont il voudrait parler avec moi, mais il est têtu et ne veut pas m'accabler avec les détails de son travail. Tu connais quelqu'un qui pourrait enquêter là-dessus ? Qui serait en mesure d'aider ? Je ne sais pas... peut-être quelqu'un avec qui John a bossé par le passé ou avec qui il aurait communiqué, n'importe. Mais quelqu'un qui pourrait peut-être pirater son ordinateur ? Je ne sais même pas si c'est possible, car c'est de John qu'on parle là, mais je ne sais pas quoi faire d'autre pour résoudre ça.

— Je sais qui appeler, dit Matthew d'un ton calme et apaisant, ce qui détendit immédiatement Melody... et lui fit venir les larmes aux yeux. Mais je doute que quiconque puisse pirater son ordinateur à distance. Il est foutrement impossible que Tex laisse une faille quelconque dans son système. Les gens que je vais appeler, ils auront sans doute besoin d'être sur place. Est-ce que ça irait ?

— Bien entendu. Tous ceux qui pourront aider seront les bienvenus, dit Melody pour rassurer le plus vieil ami de John.

— Bien. Et avec Caroline, nous prendrons également un vol de nuit, ce soir.

— Vous n'avez pas à...

— Conneries. Nous venons. Comment va Hope ? Est-ce qu'Akilah est au courant ?

Melody perdait presque son sang-froid rien qu'à

l'idée que l'aide arrivait. Elle essuya les larmes égarées sur sa joue et renifla discrètement.

— Amy est partie chercher Hope à son entraînement de volley. J'appellerai Akilah après avoir parlé à sa sœur.

— Très bien. Et tu n'es pas seule ?

— Eh bien, en cet instant précis, si. Mais je suis sûre qu'Amy a déjà appelé son mari, même si je lui ai dit que tout irait bien pour moi, et il est probablement en route pour venir ici. Quant à elle, elle va revenir avec Hope. Et ils passeront tous les deux la nuit ici.

— Je n'aime pas que tu sois seule là, mais dis-moi au moins si les portes et les fenêtres sont verrouillées.

— Bien sûr qu'elles le sont.

— Tant mieux. Que peux-tu me dire d'autre sur ce qui est arrivé aujourd'hui ?

Le fait que Matthew aille droit au but facilitait la discussion sur ce qui s'était passé.

— Il y avait une brique jaune avec un mot attaché dessus, posée au sol, près de l'endroit où j'ai été poussée du fourgon. Je ne l'ai pas touchée, car je ne voulais pas gâcher toute trace d'ADN ou d'empreintes digitales qu'il pourrait y avoir. J'ignore ce que dit le mot. Tu penses que ce pourrait être une demande de rançon ? Si c'est le cas, pourquoi la police ne m'a pas contactée à ce sujet ?

— Je ne sais pas. Mais je te garantis qu'avant la fin de la nuit, nous saurons ce qu'il dit. Dès que j'aurai passé quelques coups de fil, les amis de Tex enquêteront sur ce merdier. Nous te préviendrons dès que nous en saurons plus. D'accord ?

Les larmes de Melody se remirent à couler. Le soutien inconditionnel que Matthew lui apportait lui faisait énormément de bien après les soupçons du détective.

— Ça ira pour toi, pendant que je prends des dispositions pour que nous te rejoignions ?

— Oui.

— Bien. Ah... et Melody ?

— Oui ?

— Tex, c'est l'enfoiré le plus coriace que je connaisse. Si quelqu'un peut s'en sortir, c'est lui. D'accord ?

— Ouais. Mais s'ils voulaient le tuer ? demanda Melody d'une petite voix, exprimant ouvertement sa plus grande peur pour la première fois.

— S'ils avaient voulu le tuer, ils l'auraient fait dans la rue, répondit Matthew, avec autant de douceur que possible. Ils lui auraient mis une balle dans la tête, pile sur le siège conducteur de sa voiture. Ils l'ont emmené pour une raison. Peut-être qu'ils font passer un message, peut-être qu'ils veulent de l'argent ou peut-être est-ce par vengeance. Je n'en ai aucune idée. Mais ses amis trouveront et nous nous assurerons que chaque personne qui a été impliquée là-dedans paie. Ils regretteront d'avoir posé un doigt sur Tex *et* sur toi.

Quand Matthew finit sa phrase, son ton était sévère, sa voix lugubre. Un ton que Melody n'avait encore jamais perçu chez lui. Et au lieu d'en être effrayée, elle était rassurée. Et il avait raison ; les hommes qui l'avaient enlevé voulaient John pour une raison. Ses amis devaient juste découvrir pourquoi, qui l'avait kidnappé, et où il avait été emmené.

— Melody ? Tu m'entends ?

— Je t'entends.

— Bien. Sois prudente. Nous arriverons dans la matinée. Mais sois certaine que les gens que j'appelle seront dessus à la seconde où je leur aurai dit que Tex a disparu.

— Okay.

— Okay. Je t'aime, ma puce.

— Je t'aime aussi. À bientôt.

— À bientôt, répéta Matthew.

5

Il fallut un long moment à Wolf pour se calmer après avoir raccroché. Tex avait disparu. Avait été *kidnappé*. S'il ne venait pas de parler à Melody et n'avait pas entendu la terreur dans sa voix, il aurait cru qu'on lui jouait un sale tour.

Tex ne se faisait pas enlever ; il était l'homme qui retrouvait ceux qui l'étaient.

La seule question au premier plan dans l'esprit de Wolf était : qui ? Qui haïssait tellement Tex pour se donner autant de mal pour l'attraper ?

Rapprochant son ordinateur portable, il réserva rapidement deux vols de nuit pour Pittsburgh, en partance de San Diego. Les billets coûtaient une fortune, mais Wolf n'hésita même pas en cliquant sur le bouton d'achat. Son ami le plus proche avait disparu. Il paierait, peu importait le prix, pour se rendre aux côtés de Melody.

L'étape suivante était d'appeler Elizabeth Turner. Intéressant comme la vie faisait revenir au point de départ. Beth avait été kidnappée par un tueur en série, tout comme son amie Summer, à Big Bear quelques années auparavant. Elle avait déménagé à San Antonio, au Texas, pour gérer le contrecoup, et elle y avait rencontré un soldat du feu nommé Cade. Il l'avait aidée à surmonter son agoraphobie et, par la même occasion, elle avait été présentée à Tex.

Il s'avérait que Beth était une sacrée hackeuse. Tex et elle étaient rapidement devenus amis, et aux dernières nouvelles de Wolf, elle continuait de bosser avec lui de temps en temps. Il espérait que ce soit toujours le cas.

Il ne tourna pas autour du pot quand elle répondit :

— Beth ? C'est Wolf... Matthew Steel. Je suis le mari de Caroline...

— Bien sûr ! Comment vas-tu ? lui demanda Beth, laissant transparaître sa curiosité quant à la raison de son appel.

— Je suis navré, ce n'est pas un appel de courtoisie. Tex a été kidnappé.

Wolf avait décidé qu'annoncer la nouvelle comme on retirait un pansement était le mieux.

Un silence de plomb suivit cette déclaration.

— Beth ? Tu m'as entendu ?

— Je t'ai entendu mais je ne suis pas sûre de le croire.

Wolf transmit ensuite toutes les informations que Melody lui avait confiées au sujet de ce qu'il s'était passé.

— Caroline et moi partirons pour la Pennsylvanie ce soir pour être avec Melody et voir si on peut apporter une aide quelconque. Mais ce dont Tex a vraiment besoin, c'est de quelqu'un comme *lui*. Quelqu'un qui peut obtenir des infos. Et tu as été la première personne à qui j'ai pensé.

— Bon sang ! Tex, enlevé ! J'ai vraiment du mal à me faire à cette idée. Mais oui, *évidemment* que je vais aider. Mais honnêtement, il y a une personne meilleure que moi avec le *dark web*, nommée Ryleigh. Elle vit au Nouveau-Mexique. Tex l'a rencontrée récemment et il m'a dit qu'elle est encore plus talentueuse que *lui* quand il s'agit de pirater et d'aller dans des endroits qui sont censés être sécurisés.

— C'est exact ! Je la connais ! Je l'ai rencontrée moi-même il n'y a pas si longtemps, quand il est arrivé une merde là où elle travaille. Caroline et moi y étions, en fait. J'avais oublié que Tex avait mentionné qu'elle était un génie de l'informatique.

— Tu veux que je la contacte ? proposa Beth.

— Non, je m'en charge. J'ai besoin que tu entames tes recherches. Vois si tu peux trouver quelqu'un qui a une dent contre Tex. Qui aurait pu poster de la merde sur lui en ligne. Il nous faut la moindre information sur la personne qui pourrait se trouver derrière ça.

— Je suis dessus, dit Beth. Ça t'embête si Cade et moi venons en Pennsylvanie également ?

— Ça irait pour toi ? Je veux dire... ne le prends pas mal, mais je suis au courant de ton état, lui dit Wolf aussi gentiment que possible.

— Je vais bien. Enfin, je ne dis pas que j'ai envie de me rendre à un match des Steelers de Pittsburgh ou autre, mais tant que Cade est avec moi et que je prends mes médocs, je peux gérer ça. J'ai fait du chemin depuis ces affreux moments après mon emménagement ici.

— À ce qu'on m'a dit, tu t'en es incroyablement bien tirée. Je t'enverrai l'adresse de Melody et Tex. Et tu auras mon numéro, qu'on puisse rester en contact.

Beth rit.

— Pas besoin. Je peux trouver les deux toute seule.

Wolf avait oublié à qui il s'adressait depuis un moment.

— Évidemment que tu peux... Très bien, j'appel-

lerai Ryleigh. On se voit demain en Pennsylvanie. Et...
merci.

— Pas besoin de me remercier. C'est de Tex dont on
parle.

La connexion prit fin et Wolf rechercha aussitôt
sur Internet les infos de contact sur Le Refuge. Caroline et lui s'y étaient rendus pour un mariage, mais au
lieu de ça, ils s'étaient retrouvés au beau milieu d'un
complot de vengeance contre la femme à qui il avait
justement espéré parler. Il composa rapidement le
numéro et attendit patiemment que quelqu'un
décroche.

— Le Refuge. Comment puis-je vous aider ?
répondit une femme.

— Mon nom est Matthew Steel. J'ai besoin de parler
à Ryleigh, s'il vous plaît.

La femme hésita un instant avant de répondre avec
une politesse exagérée :

— Puis-je connaître la nature de votre appel ?

Wolf prit une profonde inspiration. Il devait se
calmer et ne pas avoir l'air d'un dingue.

— Mon épouse, Caroline, et moi étions là, il n'y a
pas si longtemps de ça, lorsque Ryleigh avait
quelques... difficultés.

— Oh ! C'est exact ! Je me souviens de vous. Je suis
Alaska. Comment allez-vous ?

— Pas bien. Tex a disparu. Je dois parler à Ryleigh pour qu'elle m'aide à le retrouver.

— Quoi ?! Tex a disparu ?

Wolf supposait qu'il allait entendre cette réponse de chaque personne à qui il parlerait, car c'était tellement incompréhensible que l'homme qui était essentiel pour retrouver tant de gens dans leur cercle ait été lui-même kidnappé. Il résuma brièvement la situation à Alaska, même s'il était, au fond, plus qu'impatient de s'entretenir avec Ryleigh. Il comprenait néanmoins et approuvait qu'Alaska joue le rôle de gardienne pour quiconque appelait spontanément Le Refuge afin de parler à un membre du personnel. Tous ceux qui vivaient et travaillaient là avaient subi leurs propres traumatismes et ils ne sauraient être trop prudents.

— Si vous me communiquez votre numéro, je peux parcourir le chalet et voir si elle est dans le coin.

Wolf débita rapidement son numéro.

— Donnez-moi trois minutes. Quatre, maximum. Je sais qu'elle voudra vous parler dans l'immédiat, lui dit Alaska.

— C'est gentil.

Wolf mit fin à la conversation téléphonique et se rendit dans sa chambre à coucher pour faire les bagages. Caroline n'était pas encore rentrée à la maison, mais elle devait être en chemin. Elle était allée à *My*

Sister's Closet, le magasin de dépôt-vente de son amie Julie à Riverton. Il ne voulait pas lui donner des nouvelles aussi bouleversantes par téléphone alors qu'elle conduisait.

Il n'avait même pas entamé la moitié des bagages – pourtant, il se dépêchait – quand son portable sonna.

— Wolf, dit-il en guise de salutation.

— Dis-moi que tu te fous de ma gueule, dit la femme à l'autre bout du fil.

— Ryleigh ?

— Ouais. Mais que s'est-il passé ?!

Pour ce qui lui semblait être la centième fois, Wolf expliqua ce qu'il avait appris de Melody.

— Qu'en est-il de Hope et Akilah ? Elles vont bien ? Sont-elles en danger ? Est-ce que tu penses que celui qui a enlevé Tex et Melody s'en prendra à elles ?

Le sang de Wolf devint glacé. La simple idée que les filles de Tex aient à vivre le traumatisme qu'avaient subi leurs parents était inconcevable.

— Hope est en sécurité. Je ne sais pas concernant Akilah.

— Je suis dessus, dit Ryleigh, et Wolf entendit des touches de clavier en fond sonore.

C'était un son si familier, un truc qu'il avait perçu si souvent quand il parlait à Tex, qu'il se détendit immédiatement.

— Bien. Bon, nous devons trouver qui et pourquoi. C'est la première étape.

— Exact. J'ai déjà parlé à Beth. Elizabeth Turner. Elle bosse aussi dessus, l'informa Wolf.

— Tant mieux, elle est très douée. Mais sans vouloir l'insulter, je suis meilleure. Y a-t-il eu une demande de rançon ou tout autre moyen de contact de la personne qui l'a enlevé ? questionna-t-elle d'un ton brusque.

— Melody a dit qu'une brique peinte en jaune était sur la route près d'elle, après qu'elle ait été jetée du fourgon. Elle était enveloppée d'un mot, mais elle ne l'a pas touchée, car elle avait peur de laisser des traces ADN ou des empreintes.

— Intelligent. Okay, je piraterai les données du commissariat de police et verrai si quelqu'un a déjà écrit un rapport. La scientifique pourrait toujours être en train de bosser dessus.

Wolf aurait dû s'inquiéter de la nonchalance avec laquelle Ryleigh évoquait de pirater les données d'un organisme gouvernemental, toutefois, à ce stade, il se fichait de qui elle piratait, tant que le résultat apportait des infos dont il pourrait se servir pour retrouver son ami.

— Je suppose qu'il ne portait pas l'un de ses proto-types de traceurs sur lesquels il bossait, n'est-ce pas ? demanda Ryleigh.

— Non, pas que je sache. Mais c'est possible.

Ryleigh grogna.

— Je trouverai. Ça faciliterait vachement de retrouver sa trace si c'était le cas.

Wolf jugea que c'était là l'euphémisme du siècle.

— Tu vas là-bas ? En Pennsylvanie ?

— Oui.

— Je pense que tu devrais contacter Baker.

Wolf avait entendu parler de Baker. C'était un ancien SEAL, vivant à Hawaï. Il ne l'avait jamais rencontré, il était plus âgé que ses amis et lui, mais d'après ce qu'il avait compris, il avait presque autant de relations que Tex. Excepté que ses relations étaient un peu plus... obscures. Ce qui pourrait être extrêmement utile.

— Bonne idée, dit-il.

— Je t'envoie maintenant son numéro par SMS, dit Ryleigh, alors que le téléphone de Wolf vibrait dans sa main.

L'écartant de son oreille, il vit un message d'un numéro inconnu. Il supposa qu'il s'agissait de celui de Ryleigh.

— Je ne vais pas prendre l'avion pour la Pennsylvanie. J'ai tout ce dont j'ai besoin ici. Mes ordinateurs sont sécurisés ici, tout comme le Wi-Fi. Je resterai en contact.

Puis elle raccrocha. Wolf ne s'en vexa pas ; il était en

réalité soulagé que Beth et elle soient déjà au travail de leurs côtés pour trouver toutes les informations possibles.

Wolf continuait de préparer ses affaires tout en cliquant sur le numéro de téléphone que lui avait envoyé Ryleigh.

— Quoi ? répondit la voix grave et rauque d'un homme. Qui est-ce ?

— Mon nom est Matthew Steel, autrement connu sous le nom de Wolf. Vous connaissez Tex ?

Il ne tourna pas autour du pot.

— Oui, pourquoi ?

— Il a été enlevé.

— Qu'est-ce que vous dites ?! s'exclama Baker. Où ça ?

— Dans sa rue, en Pennsylvanie.

— Qu'est-ce qui a déjà été fait ?

L'homme ne posait même pas de questions sur ce qui était arrivé, il ne pensait qu'à agir.

Wolf parla de Beth et Ryleigh, et du fait qu'il allait traverser le pays dès qu'il le pourrait.

— Je vous retrouve là-bas. Il va nous falloir des hommes sur le terrain pour récupérer notre gars, dit Baker. Comment va sa femme ?

— Pas génial, admit Wolf. Elle est pas mal amochée d'avoir été jetée d'un véhicule en marche.

— Putain de merde. Vous croyez qu'elle trouvera ça bizarre si ma femme vient avec moi ? Elle ne connaît pas Jodelle, mais ma nana est vraiment douée avec les gens qui ont vécu des traumatismes, depuis qu'elle a subi le sien.

Wolf n'hésita pas :

— Non. Si c'est ce qu'elle voudrait faire.

— Oh, Jodelle voudra venir, j'en suis sûr. Il me faudra plus de temps que vous pour arriver, puisque je viens de Hawaï, mais je serai là dès qu'il me sera physiquement possible de l'être.

Wolf acquiesça. Il ne pensait pas pouvoir se rendre en Pennsylvanie, aux côtés de Melody, aussi vite que ça. Mais Baker avait raison. Pendant ce temps, par chance, Ryleigh et Beth pourraient découvrir où était retenu Tex. Si cela arrivait, il aurait besoin de renforts quand il s'en irait rapatrier son vieil ami.

— C'est gentil.

— Vous avez appelé Rex ?

— Rex ? demanda Wolf.

Il semblait que toutes les personnes à qui il parlait lui suggéraient de contacter quelqu'un d'autre. Honnêtement, il se faisait vieux, mais il parlerait à autant de gens que nécessaire si cela formait la meilleure des équipes pour récupérer Tex.

— Ouais. Il vit dans le Colorado. Il gère les Mercenaires Rebelles. Il a des contacts dans le commerce sexuel. Je ne pense pas que Tex ait été emmené pour ça, mais ces vauriens connaissent toujours des gens qui connaissent des gens. Rex pourrait avoir un certain angle de travail afin de voir s'il y a une quelconque rumeur concernant un complot contre Tex.

Wolf acquiesça, se rendant dans la salle de bains pour saisir ses affaires de toilette.

— J'ai environ cinq minutes avant que ma femme ne revienne à la maison et que je doive lui annoncer la mauvaise nouvelle. Vous avez le numéro de Rex ?

— Je vous l'enverrai par message. En supposant que le numéro avec lequel vous appelez soit le bon pour transmettre ce message.

— Il l'est.

— Bien. J'ai ma propre liste de contacts. Je les joindrai pour voir ce qu'ils savent. Ce sont des hommes et des femmes qui vivent à l'écart de la société. Je solliciterai chacun de mes indics. Au moment d'arriver en Pennsylvanie, j'espère avoir une piste.

Wolf se sentait mieux quant à leurs chances de retrouver Tex, après chaque coup de fil qu'il passait.

— J'espère aussi, dit-il.

— Rendez-vous sur la côte est, conclut Baker avant de mettre fin à l'appel.

Le message qu'il avait promis lui parvint une

minute plus tard et une fois de plus, Wolf appuya sur le numéro reçu. Il ne disposait désormais que de quelques minutes pour parler à ce Rex avant que Caroline ne franchisse le seuil de la porte.

— Le Pit.

Wolf cilla. Il ignorait ce qu'était Le Pit, ni si l'homme qui avait répondu était celui qu'il devait contacter.

— Est-ce que Rex est là ?

— Qui est-ce ?

Wolf prit une grande inspiration et se présenta.

— Mon nom est Wolf. Je suis un ancien SEAL et un ami de Baker. Il m'a assuré que vous pourriez m'aider.

— À propos de quoi ?

Wolf ne savait toujours pas s'il parlait à Rex ou non, mais il n'avait pas le temps pour ces conneries.

— Mon ami Tex a été kidnappé. Nous ne savons pas par qui, pourquoi, ni ce qu'ils veulent. Mais Baker a dit que Rex pourrait être en mesure d'user de ses relations pour découvrir toute information sur cette situation tordue parce que, pour le moment, nous savons que dalle. Tout ce que nous avons, c'est sa femme qui est complètement esquintée après avoir été éjectée d'un véhicule en marche, deux enfants probablement terrorisées qui se demandent où est leur père et mon meilleur ami devenu une putain de personne disparue. Alors maintenant, pourriez-vous s'il vous plaît me passer Rex que je puisse conclure cet appel et trouver comment réussir à annoncer à ma femme que l'une de ses meilleures amies a été brutalisée et que l'homme qui a aidé à la retrouver quand elle-même avait été kidnappée a tout bonnement disparu ?

— Je suis Rex. Je suis dessus. Tex est le seul homme dont je n'ai jamais, et je dis bien *jamais*, entendu du mal. Et croyez-moi quand je vous dis que j'ai vu le pire de ce que l'humanité a à offrir. Baker est aussi un homme bon. Il s'en occupe ?

— Oui. Il me rejoindra en Pennsylvanie donc si nous retrouvons bel et bien Tex, il pourra m'accompagner pour aller le récupérer.

— Bien. Et vous le retrouverez. Il n'y a pas d'autre alternative. J'enverrai des gars pour tâter le terrain, voir ce que les gens savent. Vous avez besoin d'autre chose ? Davantage de soldats ?

Wolf soupira de soulagement. Il prendrait toute l'aide qu'il pourrait avoir.

— Des infos. C'est ce dont j'ai besoin, dit-il à ce mystérieux Rex.

— Je verrai ce que je peux faire. C'est le bon numéro pour vous contacter si je découvre quelque chose ?

— Oui.

— Alors, je vous recontacterai.

Le silence se fit dans l'oreille de Wolf alors qu'il

entendait Caroline se garer dans l'allée. Il balança sa trousse de toilettes dans son sac de sport et en remonta la fermeture à zip avant de le mettre sur son épaule et de sortir de la chambre pour retrouver sa femme. Ça n'allait pas être une conversation facile et il la redoutait déjà.

6

— Salut, chéri, dit Caroline en entrant dans la maison.

— Il faut qu'on parle, lâcha Wolf, qui ne voulait pas faire durer les choses.

Son expression s'assombrit et elle mit son sac à main sur le comptoir de la cuisine. Son regard s'attarda sur son sac de sport avant de remonter vers son visage.

— Tu vas quelque part ?

Wolf posa ses affaires et attrapa la main de Caroline. Il la tint fermement et la conduisit jusqu'au canapé, où il la fit asseoir à côté de lui.

— Tu me fais peur. Qu'est-ce qui ne va pas ? lui demanda-t-elle.

— Tex a disparu, lui déclara Wolf, d'une voix aussi douce que possible.

Caroline cilla. Puis elle sourit et leva les yeux au ciel.

— Bien joué. Même si c'est une blague de très mauvais goût. Qu'est-ce que tu veux pour le dîner ?

— Je suis sérieux, Ice. Tex a disparu. J'ai reçu un appel de Melody plus tôt. On leur a tendu une embuscade, dans leur voiture, dans leur rue, et on les a fourrés dans un fourgon. Ils avaient tous les deux des cagoules sur la tête pendant qu'on les conduisait quelque part. Puis Melody a été poussée hors du véhicule pendant qu'il roulait et les kidnappeurs ont disparu avec Tex.

Sa femme le dévisagea un instant avant de se pincer les lèvres. Des larmes naquirent dans ses yeux, mais elle cligna des paupières pour les refouler.

— Est-ce que Melody va bien ?

— Bras cassé, commotion, égratignures. Mais en vie, répondit succinctement Wolf.

— Et les filles ?

— Akilah est à la fac et quelqu'un ira la chercher pour la ramener chez elle. Et Hope est avec Amy et son mari.

— Tex ? demanda Caroline dans un murmure.

Wolf secoua la tête.

— Nous ne savons pas. Nous n'avons pas d'info.

Elle se redressa sur son séant.

— Aucune ? Qui l'a emmené ? Et pourquoi ? Est-ce qu'ils veulent de l'argent ?

— Nous ne le savons pas encore. Mais des gens sont dessus, ma chérie.

— Qui ? Quels gens ? Tex ne peut pas avoir disparu ! C'est lui qui retrouve *ceux* qui ont disparu !

Elle avait haussé la voix et semblait presque hystérique.

— Est-ce qu'il portait un traqueur ? continua-t-elle. Il insiste pour que tous les autres en portent un, mais je parie que lui non, n'est-ce pas ? Ça aiderait vachement s'il faisait ce qu'il préconisait ! Est-ce qu'il se croit invincible ?!

Wolf prit le visage de Caroline entre ses mains et se pencha davantage sur elle.

— Je m'en charge, lui assura-t-il d'un ton ferme.

Il observa la femme la plus forte qu'il avait rencontrée, son épouse, l'amour de sa vie, se ressaisir. Elle ferma les paupières, inspira profondément et le tint par les poignets. Quand elle rouvrit les yeux, il pouvait voir qu'elle avait repris le contrôle de ses émotions.

— Évidemment que tu t'en charges, dit-elle. Quand décolle l'avion ?

C'est ce qu'il aimait chez Caroline. Elle avait la tête sur les épaules. À l'aise dans les situations stressantes.

Dieu savait qu'ils s'étaient connus dans une situation des plus stressantes, un avion rempli de passagers drogués contrôlé par des terroristes. Puis le compartiment dans lequel elle s'était planquée avait explosé, et Caroline l'avait sauvé des flammes qui en avaient résulté. Et *ensuite*, elle avait été enlevée alors qu'il avait été laissé, inconscient, au sol. Et bien entendu, il y avait toute cette histoire d'avoir été jetée au beau milieu de l'océan avec des poids à ses chevilles.

Oui, son Ice était un roc. Et Melody avait besoin d'elle. Putain, Wolf lui-même avait besoin d'elle.

— Dans deux heures.

— Je pars avec toi, l'informa-t-elle.

— Évidemment, répondit calmement Wolf.

Ses yeux se remplirent de larmes une fois de plus.

— Il a vraiment disparu ?

— Ouais.

— Eh merde, Matthew.

— Je sais.

— Il est celui que nous appelons tous quand les gens de notre connaissance ont besoin d'aide. Qui appelons-nous quand le chasseur devient la proie ?

— Tout le monde, répliqua Wolf avec conviction.

— Et tu as appelé tout le monde ?

— Pas encore, mais c'est tout comme. J'ai contacté les personnes qui sont le plus en mesure d'aider dans l'immédiat. Beth du Texas, Ryleigh du Refuge, Baker de Hawaï, Rex du Colorado... Nous sommes sur le coup, mon ange.

Elle renifla puis hocha la tête.

— Je dois faire mes bagages.

Caroline se pencha en avant et posa son front contre celui de Wolf. Ils restèrent assis ainsi un moment avant qu'elle ne se lève brusquement.

— Melody doit complètement flipper. Je n'arrive pas à croire qu'ils l'aient éjectée d'un véhicule en marche ! Quels enfoirés ! Est-ce que les autres viennent aussi ? Dude, Benny, les filles ?

— Non, rien que nous. La dernière chose dont Melody a besoin, c'est d'une maison blindée de gens qu'elle devra se soucier d'héberger, dit Wolf.

— Tu as raison. Et si Tex a besoin d'aide ? Je sais que tu es costaud et tout, mais je me sentirais mieux si tu avais des renforts.

Nom d'un chien, comme il aimait cette femme !

— Ce gars que j'ai mentionné plus tôt... Baker ? Il vient, lui aussi.

Caroline haussa un sourcil.

— Un gars ? C'est tout ?

— Crois-le ou non, j'espère qu'aucun de nous ne sera seulement utile. Mais s'il s'avère que nous avons besoin d'aide, tu sais que je n'hésiterai pas à contacter les copains. Tex s'échappera de lui-même ou quelqu'un dénichera les infos dont nous avons besoin pour envoyer les flics arrêter les responsables.

— Ou il pourrait être...

Wolf posa la main sur la bouche de Caroline, ne la laissant pas finir sa phrase.

— Non. C'est Tex. Il est sans doute blessé mais il va *bien*.

Wolf espérait que prononcer ces mots à voix haute les rendrait vrais.

Caroline retira la main de Wolf.

— Selon les statistiques, quelqu'un qui n'a pas été retrouvé dans les quarante-huit heures, et même moins que ça la plupart du temps, c'est probablement qu'il a été... tu sais.

— Les femmes. Je crois que ces statistiques concernent surtout les femmes et les enfants. Ceux enlevés dans un but sexuel. C'est différent.

Wolf racontait de la merde. Il n'avait aucune info quant à la raison pour laquelle Tex avait été enlevé. Mais il était quasiment certain que ce n'était pas pour le sexe. Ce n'était plus un jeunot. Aucun d'eux ne l'était. Il ne pouvait personnellement concevoir une situation où quelqu'un irait jusqu'à kidnapper un balèze comme John Keegan. Mais un homme avec de telles relations ? Avec ses prouesses intellectuelles ? Il y avait une raison pour laquelle il avait été kidnappé, et Wolf était presque sûr que ce n'était pas simplement pour être tué immédiatement.

Caroline le regarda fixement pendant un long moment puis finit par hocher la tête.

— Je vais faire mes bagages.

— Okay, Ice. Nous partirons pour l'aéroport dès que tu auras terminé.

— Je peux appeler les filles ? Ou peut-être juste Fiona ? Ce sera encore plus difficile pour elle. Tu sais ce que Tex a fait pour elle quand elle a eu ce flash-back, après être retournée chez elle à la suite de son enlèvement.

Wolf ne pouvait rien refuser à sa femme.

— Juste Fiona.

— Je t'aime, Matthew.

— Je t'aime aussi.

— Tu pourras penser à porter un traqueur désormais, s'il te plaît ?

Wolf ne put que sourire. Céder à sa femme pour qu'elle ait l'avantage. Il s'était montré inflexible quant à son souhait de ne pas être une expérimentation pour le tout nouveau traqueur de Tex. Sous-cutané, minuscule, indétectable aux scanners classiques.

— Va faire tes valises, la pressa-t-il, connaissant sa réponse.

Si Tex était retrouvé, il serait volontiers le cobaye de la récente innovation de son ami en matière de traqueurs.

Une fois Caroline hors de portée de voix, il sortit une fois de plus son téléphone de sa poche. Il devait prévenir Cookie que sa femme était sur le point d'apprendre une très mauvaise nouvelle et qu'elle aurait besoin de lui à ses côtés dès qu'elle aurait fini de parler à Caroline.

Tex ravala le grognement qui menaçait de s'échapper. Sa tête pulsait. Cette foutue musique ne s'était pas arrêtée une seconde après avoir été de nouveau diffusée dans la boîte. Il ignorait combien de temps s'était écoulé. Mais selon lui, pas très longtemps. Était-ce la nuit ? Il se demanda ce que faisait Melody. Si elle avait dit à Hope qu'il avait été enlevé. Il priait pour qu'Akilah aille bien également. Il était inquiet qu'elle s'absente de l'école.

Se relevant, il se mit sur son pied. Il se voûtait puisqu'il ne pouvait pas se mettre bien droit et de la sueur coulait de ses tempes tandis qu'il luttait pour surmonter la douleur de son corps. Il devait demeurer mobile. Se tenir prêt pour tout ce que ses kidnappeurs avaient prévu. Il ne pouvait pas rester simplement assis, morose et déprimé. Non, il devait garder son corps au top de sa forme. Il n'avait rien eu à manger depuis son arrivée ici, mais il pouvait vivre sans nourriture. L'eau, c'était une autre histoire.

Il avait déjà dû pisser dans un coin de la boîte, ce qui ne l'avait pas du tout ravi. Il se demanda si ses ravisseurs avaient pensé à cet aspect avant de le maintenir confiné ou s'ils se moquaient juste qu'il ait à vivre dans ses propres excréments. Probablement ça.

Tex se creusait la tête pour comprendre qui pouvait se trouver derrière son enlèvement. Il avait côtoyé d'horribles personnes mais pas une dernièrement qui lui aurait paru plus horrible que les autres. C'étaient tous des voyous. Des kidnappeurs, trafiquants sexuels, dealers... tous ceux qui estimaient parfaitement normal d'utiliser les autres dans leurs propres intérêts.

Ce qui l'amena à se demander ce que voulaient ses propres kidnappeurs. S'ils le voulaient mort, ils l'auraient déjà tué. Ça, au moins, était un truc positif dans toute cette situation de merde. Des infos ? De l'argent ? Qui savait ? Il supposait que ça n'avait pas d'importance. Un enlèvement restait un enlèvement.

Tex ressentait une toute nouvelle sympathie pour ceux qu'il avait aidés. Des soldats, des femmes, des enfants, des amis... Il avait travaillé dur en arrière-plan pour trouver pourquoi, où, qui. Mais il n'avait pas pris la peine de vraiment penser à ce que les prisonniers avaient traversé. Car il supposait que si ça avait été le cas, il n'aurait pas été en mesure de faire son boulot efficacement. Mais désormais, il n'avait rien d'autre que du temps pour songer à ces choses-là.

Maintenant, il se sentait comme s'il s'était montré insensible. Ou en tout cas, pas assez compatissant. Il était resté assis dans son sous-sol, à cliquer et tapoter sur son clavier, donnant les informations qu'il avait trouvées à ceux qui s'en allaient faire le sale boulot pour récupérer leurs amis ou leurs êtres chers.

Il fit le vœu, s'il sortait vivant de là, de faire mieux. Il recommanderait des psychiatres, des endroits comme Le Refuge pour les victimes afin de surmonter ce qui leur serait arrivé. Prendrait plus souvent des nouvelles d'elles auprès de leurs familles. Il n'appellerait pas simplement ça un boulot bien fait et taperait dans ses mains comme si tout était revenu à la normale.

Plus rien ne redevenait normal pour les gens et les familles qui avaient traversé un truc pareil. Il aurait dû savoir ça mieux que quiconque.

Prenant une grande inspiration et se rendant mentalement dans son coin de paradis... là où se trouvait Melody... Tex se mit à genoux et se prépara à faire quelques pompes. Il devait continuer de s'occuper.

Rester fort. Il ignorait depuis combien de temps il était là, alors il ferait son possible pour garder son corps fonctionnel. Après tout, le fait qu'il soit encore en vie était déjà une lueur d'espoir. . Les enfoirés qui l'avaient enlevé voulaient quelque chose. Il devait juste patienter. Laisser ses amis trouver une solution à ce merdier.

Ils passeraient à l'action également, ça, il n'en doutait pas. Mais il avait une inquiétude, légère mais tenace, concernant son état, lorsqu'ils le feront.

7

Melody n'avait pas dormi du tout. Pas même une sieste. La conversation avec Hope avait été épouvantable. Sa fille n'avait pas pleinement compris ce que ses oreilles avaient entendu, mais quand elle avait fini par le faire... Elle s'était effondrée. John avait toujours été grandiose aux yeux de Hope. Son papa. Apprendre que quelqu'un lui avait fait du mal et l'avait enlevé ? C'était trop difficile à supporter pour elle.

Fort heureusement, Amy avait été là pour la consoler. Melody avait fait de son mieux, mais elle était éplorée, elle aussi. Encore sous le choc.

Amy avait pris le relais. Elle avait cuisiné un plat de pâtes pour le dîner, que ni Melody ni Hope n'avait beaucoup entamé. Elle s'était efforcée de répondre aux questions de la fillette et elle l'avait mise au lit. Elle avait tenu la main de Melody quand elle avait parlé avec Akilah, lui expliquant une fois de plus tout ce qui était arrivé ce jour-là. Melody avait minimisé ses blessures pour ne pas alarmer sa fille. Elle fut soulagée quand Akilah avait annoncé venir le lendemain.

Même si Amy devait elle-même être épuisée, elle était restée assise avec Melody jusqu'au petit matin. Mais il y eut une sorte de soulagement quand Amy finit par se diriger vers la chambre d'invités, où son mari était allé se coucher, après avoir vérifié plusieurs fois les périmètres de la propriété.

Toutefois, Melody n'était pas rendue dans sa propre chambre, comme elle l'avait promis à sa meilleure amie en lui disant « dans une minute ». La douleur àson bras était lancinante. Merde, son corps entier lui faisait mal, mais ce n'était pas ça qui la maintenait éveillée ; c'était de s'interroger sur ce qu'était en train de subir John. Où il était. S'il allait bien.

Elle ne cessait de ressasser les événements, regrettant de ne pas avoir agi différemment. Elle se demandait si cette journée aurait pu avoir un tout autre dénouement si elle avait été capable de distancer l'enfoiré qui l'avait prise en chance. Peut-être que si les kidnappeurs avaient pu se servir d'elle pour faire obtempérer John, ce dernier aurait pu s'échapper. Ou bien elle aurait pu attirer l'attention de l'un de leurs voisins qui aurait appelé la police.

Elle ne pouvait non plus s'arrêter de se demander pourquoi c'était arrivé. Ce que les gens qui les avaient attaqués et qui avaient emmené John pouvaient désirer. Honnêtement, tous ces « et si » la rendaient dingue. Il lui fallait des informations. Elle avait besoin de comprendre pourquoi cela s'était passé.

Melody se trouvait dans la cuisine, une tasse de café dans les mains, et regardant par la fenêtre sans rien voir, quand un coup à la porte la surprit tellement qu'elle sursauta et faillit faire tomber sa tasse. Elle scruta fixement la porte pendant un long moment, craignant de bouger. Et si ces hommes avaient changé d'avis de l'avoir laissée filer et qu'ils étaient revenus pour elle ?

Non, c'était stupide. Ils ne toqueraient pas sur cette fichue porte ! Elle prit une grande inspiration et tenta de ralentir les battements de son cœur. Elle posa la tasse de café et débattit sur la chose à faire.

— Mel ? C'est moi. Caroline. Avec Matthew.

Chaque muscle du corps de Melody se détendit. Elle courut pratiquement jusqu'à l'entrée de la maison. Elle entendit Amy derrière elle, demandant qui était à la porte, mais Melody ne s'arrêta pas. Elle se souvint à temps d'éteindre l'alarme avant de retirer le verrou de la porte d'entrée et de l'ouvrir en grand. Dès qu'elle aperçut Caroline et Wolf, elle éclata en sanglots. Elle s'était relativement bien retenue, mais voir le plus vieil ami de John la fit s'effondrer complètement.

Caroline pénétra dans la maison et enlaça Melody, la poussa à l'intérieur avant de la faire avancer vers le canapé. Il fallut quelques minutes de pleurs avant que Melody ne soit capable de reprendre le contrôle de ses émotions.

— Mel, est-ce que tu as dormi *au moins* un peu cette nuit ? lui demanda Amy.

Elle envisagea de mentir mais c'étaient ses amis. Ses piliers. Elle fit non de la tête.

— Bon. D'abord... une sieste, annonça Caroline, se mettant debout et entraînant Melody avec elle.

Comme elles remontaient le couloir vers sa chambre à coucher, elle rechigna.

— Pas là. Je... ne peux pas. Pas sans John.

Elle n'avait pas besoin d'ajouter autre chose. Caroline bifurqua alors vers la chambre qu'Akilah utilisait quand elle revenait. À la surprise de Melody, son amie grimpa sur le lit et lui tendit la main. Melody était trop fatiguée pour résister. Elle laissa Caroline l'encercler de ses bras et soupira, fermement enlacée.

— Matthew est là maintenant. Il s'occupe de ça, dit doucement Caroline, faisant courir une main sur le sommet du crâne de Melody comme si elle était une enfant de cinq ans plutôt qu'une adulte. Il a contacté toutes les personnes ayant les compétences pour le trouver. Il y a un gars de Hawaï qui arrive par avion aujourd'hui. Beth et Ryleigh sont des génies de l'informatique comme Tex... sans vouloir l'insulter. Et elles sont *furax*. Ryleigh ne vient pas ici, mais je ne serais pas surprise qu'au moment où nous terminerons notre sieste, elles aient résolu toute cette satanée situation. Il y a aussi un mec du Colorado qui voit avec ses contacts... et je suppose qu'il y en a un tas appartenant à des cercles peu recommandables. Tout ça pour dire qu'on est dessus. Tex a protégé les gens tellement longtemps que tout le monde fait ce qu'il peut pour lui venir en aide aujourd'hui. Dors, Melody. Tu te sentiras mieux ensuite.

— Je veux qu'il revienne à la maison, murmura-t-elle.

— Je le sais. Et Matthew et les autres également. Ils font tout ce qui est en leur pouvoir pour que ça arrive.

Chose étonnante, rien que d'entendre que Matthew s'en occupait, qu'il y avait des personnes partout dans le pays qui faisaient leur possible pour retrouver son mari, permit à Melody de fermer les yeux et de dormir. Enfin.

Quelques heures plus tard, elle se réveilla et étrangement, se sentait bien mieux. Son cœur, lui, était encore douloureux et son corps blessé la faisait toujours souffrir, mais mentalement, elle se sentait plus forte. Caroline n'était plus dans le lit avec elle.

Après s'être rendue dans la salle de bains, Melody rejoignit le salon et cilla en voyant toutes les personnes présentes. Amy et son mari étaient toujours là, tout comme Matthew et Caroline. Hope et Akilah étaient assises dans un coin, discutant calmement. Mais il y avait également trois autres personnes qu'elle n'avait jamais rencontrées.

Un homme, visiblement plus âgé qu'elle, aux cheveux noirs saupoudrés généreusement de mèches argentées. Il avait belle allure, mais il semblait également doté d'une aura dangereuse qui rendait Melody nerveuse. Il se tenait à côté d'une femme aux cheveux châtain foncé qui lui arrivaient aux épaules. Elle rappelait beaucoup Caroline à Melody. Elle avait l'air gentille. C'était dingue qu'elle puisse dire cela juste en regardant quelqu'un, mais Melody avait un don pour sentir ces choses-là.

Puis il y avait un autre homme qui ne paraissait pas à sa place. Il était appuyé contre le comptoir de la cuisine, à observer simplement tous les autres. Il semblait quelque peu déconnecté du reste, mais pas moins... compétent ? Melody ne savait pas quel autre mot choisir pour le décrire. Il avait la même *vibe* que

John et ses amis rebelles mais était peut-être un peu plus discret. Il avait les cheveux châtain foncé courts et des yeux gris qui donnaient l'impression de tout englober en une fois. Il fut le premier à remarquer Melody qui se tenait à l'entrée de la pièce.

Il s'éclaircit la gorge et fit un signe de tête dans sa direction.

— Melody ! Tu es debout ! dit Caroline en se précipitant vers elle.

— Maman ! s'exclama Hope, courant également vers Melody.

Cette dernière enlaça sa fille et tendit la main vers Akilah qui avait suivi sa sœur. Les trois femmes Keegan s'embrassèrent pendant un long moment.

— Comment ça va, vous deux ? demanda Melody d'une petite voix.

— On tient bon, répondit Akilah. Comment vas-tu ? Tu as une mine effroyable.

Melody ricana.

— Merci.

Akilah rougit.

— Ce n'était pas ce que je voulais dire…

— Je le sais. Et je vais bien. Promis.

— Maman, tous ces gens sont ici pour retrouver Papa, dit Hope.

— Je sais, ma puce.

— Le monsieur avec les cheveux gris dit beaucoup « putain », murmura Hope.

Melody perçut les petits rires de la pièce. Sa fille n'avait pas été aussi discrète qu'elle l'avait voulu.

— Eh bien, c'est un adulte. Il a le droit. Pas toi.

— Je sais.

Levant les yeux, Melody croisa le regard de Matthew. Il avait l'air impatient, comme s'il avait quelque chose d'important à lui dire absolument. Avec toutes ces personnes présentes, elle espérait que quelqu'un avait des infos concernant John. Elle s'adressa de nouveau à ses filles.

— Je vais avoir besoin que vous attendiez un peu dans la chambre de Hope. Vous pouvez faire ça pour moi ?

— Je veux entendre ce qui se dit sur Papa, geignit Hope.

— Je le sais et je te dirai ce que je peux, quand je le pourrai. Mais pour l'instant, il faut que tu fasses ce que je dis. S'il te plaît, insista Melody.

Pendant une seconde, elle crut que sa fille au caractère obstiné allait protester. Mais alors, elle acquiesça et enlaça une fois de plus Melody.

— D'accord, Maman.

— Merci, mon bébé.

— Viens, morveuse. Je veux tout savoir sur l'école.

Ce nouveau garçon qui te plaît, les méchantes filles et tes amis, dit Akilah.

Melody fut reconnaissante d'avoir une fille si compréhensive. Elle ne doutait pas que Akilah se fichait de ces choses-là, mais le fait qu'elle était disposée à laisser les adultes discuter sans que Hope soit en mesure de les entendre était une aubaine.

À la seconde où les filles furent hors de portée d'écoute, Melody se tourna vers Matthew.

— Qu'est-ce qu'on sait ?

— Melody, j'aimerais te présenter quelques personnes. Voici Baker Rawlins et sa femme, Jodelle. Ils vivent à Hawaï et viennent d'arriver ici, il y a trente minutes. Et voici Cade Turner. Il vit à San Antonio avec sa femme Elizabeth. Elle est en bas actuellement, tentant de pirater l'ordinateur de Tex. Je ne sais pas si elle aura beaucoup de chance dans cette entreprise, mais elle a parlé d'un truc à propos d'une collaboration avec Ryleigh, qui se trouve toujours au Nouveau-Mexique. Je suis sûr que ces deux-là seront en mesure de découvrir un moyen.

L'idée que quelqu'un soit sur l'ordinateur de John mettait Melody extrêmement mal à l'aise, mais elle ravala cette impression. Si cela permettait de retrouver son mari, elle se fichait de qui s'en chargeait.

— Je suis ravie de vous rencontrer, dit-elle poliment,

adressant un signe de tête aux trois nouveaux venus dans la maison.

— Okay, alors Ryleigh a appelé plus tôt. Elle a découvert ce que dit le mot, attaché à cette brique que tu as dit avoir trouvée, déclara Matthew.

Melody cessa de bouger.

— Ah oui ? A-t-elle parlé au détective ?

Barker renifla avec dédain.

— Putain, non. Ce con garde les lèvres aussi serrées que le cul d'un chameau dans une tempête de sable. Elle a piraté les dossiers du poste de police.

Ce à quoi pensa en Melody en premier, c'était que Hope avait raison. Cet homme disait effectivement beaucoup « putain ». Mais elle n'en fut pas offensée. Pas le moins. S'il y avait bien une situation qui nécessitait l'usage prolifique d'un juron, c'était celle-ci.

— Qu'est-ce que ça dit ? demanda-t-elle à l'assemblée dans la pièce, redoutant de l'apprendre mais ressentant tout de même le besoin d'obtenir des réponses.

— Ils veulent de l'argent, rétorqua calmement Matthew.

Curieusement, Melody s'en trouva immensément soulagée. Si tout ce qu'il fallait, c'était de l'argent, on lui ramènerait son mari avant qu'une chose horrible ne lui arrive.

— Génial ! On peut faire ça. Combien ?

Le fait que personne dans la pièce n'ose croiser son regard fut le premier signe pour Melody que quelque chose n'allait vraiment pas.

— Matthew ?

— Un milliard, répondit Baker.

Le montant mit une seconde à faire sens. Quand il le fit, Melody trébucha de l'endroit où elle se tenait. Caroline comme Amy se précipitèrent vers elle, mais Melody leva une main pour les arrêter.

— Un *milliard* de dollars ?! Mais comment peuvent-ils croire que nous avons cet argent ? Je veux dire, John gagne bien sa vie, mais pas *aussi* bien. C'est dingue ! s'exclama-t-elle, hurlant pratiquement ces derniers mots.

— Ça l'est, oui, opina Baker. Et c'est des conneries. Ils ne veulent pas d'argent. Enfin, si, mais ils savent aussi que ce montant est impossible à fournir.

Melody sentit la bile lui remonter dans la gorge.

— Alors pourquoi ? Qu'*est-ce* qu'ils veulent ? Et... pourquoi les flics ne m'ont pas contactée pour me prévenir de la demande de rançon ?

Une fois encore, personne ne la regarda dans les yeux. Elle pivota pour observer Baker. Un peu rude sur les bords, il était apparemment celui qui était le moins enclin à tourner autour du pot. Il lui dirait les choses telles qu'elles étaient.

— Baker ?

— Sans doute parce que la police pense qu'il s'agit d'une plaisanterie. Et nous ne sommes pas encore vraiment certains de ce qu'ils veulent. Simplement que cet argent semble être une ruse. Mais juste au cas où ce ne serait pas ça, nous avons fait passer le mot afin de recevoir du soutien pour la collecte de fonds.

Melody ricana avec mépris.

— Impossible qu'on puisse en recevoir autant, marmonna-t-elle.

— En fait, je pense qu'on le peut, lui dit Matthew. La rumeur court que Tex a besoin d'aide. L'argent afflue depuis ce matin. De *partout*. Tous ceux que Tex a aidés font ce qu'ils peuvent pour lui rendre la faveur. La dernière chose que nous a dite Beth, c'est qu'il y avait plus deux cents millions sur le compte qu'elle avait ouvert.

Melody chancela jusqu'au canapé et s'effondra sur les coussins.

— Sérieusement ? demanda-t-elle dans un murmure.

Cette quantité d'argent était inimaginable pour elle.

— Tout le monde adore Tex, dit Caroline, de sa place assise à côté d'elle. Et il n'y a pas que les gens que

Tex a aidés qui donnent. Ces gens contactent tous ceux de *leur* connaissance. Des PDG, des hommes et des femmes du gouvernement, des millionnaires... Il semble que Tex a une certaine réputation et que tout le monde veut s'assurer de contribuer, juste au cas où ces personnes ou bien quelqu'un qu'ils aiment aient besoin des services de Tex à l'avenir.

— Et maintenant quoi ? S'ils ne veulent pas vraiment d'argent, comment récupérer John ?

Avant que quelqu'un ne puisse répondre, le téléphone de Cade se mit à sonner. Tout le monde se tourna vers lui, dans l'expectative. Il décrocha et activa le haut-parleur.

— Tout le monde t'entend, dit Cade.

— Okay, alors je suis entrée, dit une femme à l'autre bout du fil. Bien entendu, Tex étant ce qu'il est, il n'a pas les dossiers super bien organisés. Ils sont cryptés et nommés n'importe comment. Il a des dossiers qui indiquent « recettes » mais qui ne contiennent, de toute évidence, aucune putain de recette. Avec Ryleigh, ça va nous prendre un moment pour voir si je peux trouver quelque chose, pour rechercher les centaines de milliers de noms des gens qu'il a aidés et filtrer les infos qu'il a rassemblées quand il recherchait les disparus.

— Beth, Melody est réveillée. Elle est là et sait pour le mot, lui déclara gentiment Cade.

— Beth, c'est Elizabeth, du sous-sol, expliqua Amy. C'est trop compliqué pour elle de monter et descendre les escaliers chaque fois qu'elle trouve un truc alors elle téléphone simplement à Cade quand elle doit nous parler.

Melody ricana doucement.

— John fait la même chose. Il m'appelle et m'envoie des messages du sous-sol quand il veut me dire quelque chose. Un tas de fois, c'est juste pour me dire qu'il m'aime. Par ces appels, j'ai toujours supposé qu'il travaillait sur des affaires particulièrement affreuses, et qu'il voulait s'assurer que je sache à quel point je comptais pour lui.

Même penser à ces appels faisait pleurer Melody. Mais elle cligna des paupières pour refouler ses larmes. Le moment n'était pas aux pleurs.

— Salut, Melody. Je suis si navrée de ce qui est arrivé. Mais on s'en occupe tous. J'ai piraté le système de sécurité de vos voisins les plus proches du lieu où vous avez été enlevés avec Tex. Malheureusement, ils ont des caméras qui s'allument en cas de mouvement, pas celles qui enregistrent constamment. J'ai aperçu le fourgon se diriger droit vers vous, des hommes tout habillés de noir avec des tissus leur recouvrant la tête, sortir et aller à côté de Tex, puis le frapper. Je t'ai vue sortir de l'autre côté de la voiture et courir hors caméra, suivie par un homme, puis un autre. Un cri a été enregistré, je suppose que c'était toi, puis l'écran de la caméra a viré au noir. Elle a repris trente secondes plus tard quand un putain d'oiseau a volé devant elle, mais la rue était vide. Je n'ai pas pu relever le numéro de la plaque d'immatriculation parce qu'il n'y en avait pas ! Mais nous enquêtons sous d'autres angles.

Les espoirs de Melody s'évanouirent. Elle connaissait l'importance des caméras. Le fait qu'elles pouvaient pratiquement résoudre les enquêtes pour les flics... et pour son mari également.

— Des caméras de surveillance routière ? demanda-t-elle, optimiste.

— On travaille dessus. Mais sans plaque, je ne suis pas certaine de leur utilité. Nous savons où tu as été relâchée...

Melody souffla par le nez.

— Désolée. Mauvais choix de mots. Où tu as été poussée de ce putain de fourgon, et nous pouvons obtenir des vidéos des magasins de proximité et des banques le long de la route, mais je ne suis pas sûre qu'elles nous fournissent des infos intéressantes. Je pense que ce ne sera qu'une perte de temps que nous pourrions utiliser pour faire autre chose, expliqua Beth.

Ça faisait un peu bizarre de parler à la femme au téléphone alors qu'elle était littéralement en bas des escaliers par rapport à l'endroit où ils se tenaient, eux. Mais Melody accueillait un tas de renseignements en un court laps de temps et sa tête tournait trop pour qu'elle s'attarde dessus.

— Donc, nous n'avons aucune information sur la personne qui l'a emmené ni où il se trouve ? demanda-t-elle.

— Pas exactement, dit Baker. J'ai parlé à Rex ce matin. Il est au Colorado et il a discuté avec ses contacts et fait des recherches toute la nuit. Il a pu vérifier qu'aucun des acteurs majeurs du trafic sexuel n'est impliqué. Nous avons pensé que ça pouvait être le cas car Tex a interrompu pas mal de leurs opérations. Il a été complice de la libération de nombreux groupes de femmes et enfants, ce qui a coûté un paquet d'argent à certains. Mais selon ce que Rex a pu dénicher, les gens de ce cercle savent qu'il vaut mieux ne pas emmerder Tex. Ils savent de quoi il est capable et bien qu'ils détestent perdre de l'argent, ils savent qu'ils perdront bien plus s'ils osent tenter de sortir Tex de l'équation. De plus, honnêtement, ils ne sont pas assez futés pour commettre ça.

Melody se sentait à la fois soulagée et horrifiée.

— Okay. Alors qui ?

— On est dessus, déclara Beth. Par ailleurs, Ryleigh

a dit que Tex ne porte pas l'un de ses traqueurs dernier cri. Navrée.

— Zut, commenta Melody.

Elle n'avait pas pensé qu'il en portait, mais elle avait gardé une faible lueur d'espoir en se disant qu'il avait peut-être décidé de le tester sur lui. Cela aurait rendu ça tellement plus facile.

— J'étudie encore d'autres de mes pistes, dit Baker. Je connais des gens fréquentant des milieux assez obscurs. J'y ai placé quelques indics et ils reviendront vers moi si et quand ils auront quelque chose à signaler.

Melody était reconnaissante envers chaque personne dans la pièce – et hors de la pièce – pour ce qu'ils étaient en train de faire pour tenter d'aider. Mais elle ne pouvait s'empêcher de penser, au fond d'elle, que John avait de très gros ennuis en ce moment.

— Des empreintes digitales ou de l'ADN sur la brique et le mot ? interrogea-t-elle, connaissant déjà la réponse.

— Non, rien, répondit Beth.

— On fait quoi maintenant ?

— Nous continuons de récolter de l'argent et de retourner chaque pierre. Nous allons le trouver, Melody. Je le promets, dit Matthew.

Elle baissa les yeux sur ses mains posées sur ses

genoux. Ce n'était pas vraiment un plan, mais elle devait faire confiance aux amis de John. Ils voulaient qu'il soit retrouvé autant qu'elle. Elle devait se montrer patiente, ce qui était compliqué. Car penser à ce que John pouvait être en train de subir pendant que ses amis faisaient leurs trucs la rendait malade. Au fond d'elle, elle savait qu'il était en train de souffrir. Celui qui l'avait emmené voulait lui faire du mal. voulait le rendre malheureux. Elle le savait par leur façon de le tabasser dans leur voiture. La façon avec laquelle ils l'avaient si brutalement poussée du fourgon devant ses yeux.

Un coup sur la porte fit sursauter Melody et elle observa Baker s'y rendre. Il ne s'embêta pas à regarder par le judas, il ouvrit simplement la porte. Ils l'entendirent tous demander :

— Qui êtes-vous ?

— Bouge ! aboya une voix jeune et féminine en réponse.

Scrutant vers l'entrée, Melody vit une femme dans le milieu de la vingtaine pénétrer dans le salon. Elle avait les cheveux blond cendré qui lui arrivaient aux épaules et des yeux bleus. Elle portait des bottes noires, un pantalon cargo kaki et un tee-shirt à manches longues noir. Son regard était hagard tandis qu'elle balayait la pièce, s'attardant sur chaque personne présente.

— Annie Fletcher ? Mais qu'est-ce que tu fiches ici ? Ton père sait où tu es ? demanda Matthew.

La jeune femme le toisa sévèrement.

— Évidemment qu'il le sait. Dès qu'il a appelé, j'ai demandé un congé spécial et suis venue jusqu'ici. Qu'est-ce qu'on sait et que puis-je faire pour aider ? Et ne dis pas « rien ». Je n'ai plus huit ans. Je suis un putain de Béret vert. Je ne sais peut-être pas pirater un ordinateur, mais je peux quand même aider. Surtout que les gens m'ignorent constamment jusqu'à ce qu'ils se trouvent avec un KA-BAR entre les yeux.

Melody cilla. Elle connaissait Annie. Elle avait souvent entendu John parler d'elle. Il était extrêmement fier de la jeune femme qu'elle était devenue. S'était vanté sur la vitesse avec laquelle elle avait gravi les échelons, sur le fait qu'elle était une soldate sacrément douée. Rien que de réussir l'entraînement pour devenir un Béret vert – pas une chose facile à faire – et de l'avoir fait en tant que femme était d'autant plus impressionnant. John semblait penser qu'elle continuerait de s'élever dans les rangs et finirait par être en charge de sa propre unité. Curieusement, sa présence ici aidait Melody à se sentir nettement mieux. Le pouvoir qui émanait d'elle était imposant.

— Je suis foutrement ravi que tu sois là, dit Baker avec un petit signe de tête.

— J'ai hâte de te rencontrer ! cria la voix de Beth dans le haut-parleur du téléphone de Cade.

— Bon... que se passe-t-il ? demanda Annie, professionnelle.

Melody n'eut aucun problème à se rasseoir et laisser les autres prendre le contrôle de la conversation et de la situation. Elle était dépassée et elle le savait. Elle faisait du sous-titrage, elle n'était ni une super soldate ni un génie de l'informatique. Elle éprouvait énormément de reconnaissance envers chaque homme et chaque femme s'attelant à retrouver John, sans parler de ceux qui s'étaient montrés si généreux en envoyant de l'argent.

Sa maison était remplie des meilleurs des meilleurs. Ils retrouveraient son époux. L'alternative était impensable.

8

Tex était passé outre l'inquiétude. Avait accepté la douleur qu'il ressentait. Se fichait complètement d'être nu comme au jour de sa naissance. Il s'était rendu dans un territoire où il se sentait absolument furax.

Les enfoirés qui l'avaient enlevé lui donnaient la quantité minimum de nourriture et d'eau nécessaires pour le maintenir en vie et c'était tout. Ils avaient fini par balancer un seau dans sa boîte – trop peu et trop tard – pour qu'il s'en serve afin de se soulager, mais ils ne lui avaient toujours rien dit. Selon lui, plusieurs jours s'étaient passés depuis son rapt. Il ne pouvait penser qu'à une chose : Melody. À quel point elle devait être effrayée. Inquiète. Il se demandait si elle avait mis la main sur ses amis depuis. Ce que faisait la police pour le retrouver.

Il ne doutait pas qu'une recherche était entamée et, pour la première fois, c'était lui le sujet de cette recherche. Il avait l'habitude de se trouver de l'autre côté, à comprendre des indices et écumer tout dispositif électronique pour obtenir toutes sortes d'infos. En fait, il se faisait grave chier. Et il avait un mal de tête du tonnerre à cause de la musique que ses ravisseurs continuaient de faire péter. Il se disait que c'était pour l'empêcher d'entendre quoi que ce soit à propos de l'endroit où il était, ou ce qui était dit par quiconque se trouvant non loin de son petit coin infernal de deux mètres.

Dès qu'il eut cette pensée, la porte de sa boîte s'ouvrit, projetant une fois de plus des rayons lumineux douloureux dans ses yeux. Comme précédemment, tout ce qu'il pouvait faire était de fermer les paupières afin de préserver sa vue, et ses ravisseurs saisirent l'opportunité pour l'attraper.

Ils ne se montraient pas tendres non plus, ce qui n'était pas une surprise. Il trébucha, traîné hors de sa boîte et de nouveau bousculé jusqu'à retomber sur l'inconfortable chaise en bois, avant d'être fermement attaché. Tex était quasi certain qu'il allait finir par se briser un de ces quatre vu la violence avec laquelle ils le manipulaient. Cette idée le fit presque sourire. Ce serait hilarant lors de son sauvetage si, sorti de cette situation merdique, sa seule blessure en dehors de celles résultant des coups, soit une putain d'écharde entre les fesses.

Mais toute trace d'humour s'envola quand ses yeux s'ajustèrent à la lumière et qu'il aperçut davantage de personnes présentes dans la pièce par rapport à avant. Il pouvait voir sa boîte posée contre un mur. Quelqu'un l'avait construite spécifiquement pour y enfermer un être humain. Il ignorait s'il était le premier « invité » hébergé par ces hommes ou s'ils faisaient ça tout le temps.

Il y avait une fenêtre, mais elle était recouverte de rideaux sombres. Tex pouvait distinguer un tout petit peu de lumière passer à travers le bas du tissu, l'informant qu'il faisait jour. Il aurait aimé pouvoir voir dehors, même pendant un instant. Était-il dans un quartier ? Une ferme ? Un entrepôt ? Impossible pour lui de le dire.

Regardant ses ravisseurs, il prit note qu'ils étaient tous vêtus de noir, tout comme le jour où il avait été enlevé. Ils portaient des gants et des masques qui recouvraient leurs visages. Il était difficile de dire leurs nationalités. Mais il pouvait voir qu'ils étaient tous caucasiens. C'était un début. Tex archiva cette information.

L'un des hommes, qui avait l'air d'être aux commandes, fit un signe de tête à un autre. Ce dernier marcha jusqu'à un tabouret placé dans la pièce vide… à part cette putain de boîte, la chaise sur laquelle il était assis et bien entendu, les quatre hommes.

— Il semblerait que ta femme ne coopère pas, déclara l'homme.

Tex ne reconnaissait pas la voix de cet individu. Il n'avait pas d'accent perceptible à son oreille. Il lui fallait des infos et son seul moyen d'en avoir, c'était de contrarier ce mec. Le faire admettre pourquoi il l'avait enlevé, déjà. C'était l'unique façon d'essayer de comprendre qui étaient ces hommes et quel lien il avait avec eux. Il y en avait forcément un. Il était vraiment peu probable qu'ils aient choisi d'attaquer sa voiture au hasard parmi tous les véhicules du monde.

— Peut-être que si elle savait qui vous êtes et pourquoi vous m'avez emmené, elle serait plus encline à jouer à votre jeu, rétorqua Tex.

— Comment sais-tu que je ne lui ai pas déjà dit ?

Un sourire en coin se dessina sur le visage de Tex.

— Parce que si c'était le cas, tu serais mort et je serais chez moi, avec ma famille.

Cela ne plut pas trop à l'homme. Ses sourcils se froncèrent et Tex se dit que s'il pouvait voir sa bouche, il serait en train de grimacer.

— Tellement arrogant, dit l'homme en secouant légèrement la tête. Tu as toujours été le fils de pute le plus prétentieux par ici.

Alors il connaissait bel et bien Tex. Il savait que c'était personnel, d'une quelconque manière.

— Avons-nous déjà eu le plaisir de nous rencontrer ? le provoqua-t-il.

Il ne pensait pas que l'homme répondrait, mais peut-être qu'il se trompait. Certains hommes prenaient plaisir à se vanter, à propos d'eux et de ce qu'ils avaient fait. Avec de la chance, ce gars en ferait partie. Tex ne pouvait pas faire grand-chose avec cette indication, nu et fourré dans une boîte, mais quand il serait libéré, il pourrait sûrement s'assurer que son ravisseur et tous ses sbires ne puissent plus jamais emmerder le monde.

— Comme je l'ai dit, ta femme ne se montre pas coopérative, répéta l'homme.

Tex fronça les sourcils. Le manque d'infos commençait à l'énerver. Il était un homme d'action. Il s'épanouissait en débusquant le moindre renseignement concernant sa cible. Ses doigts le démangeaient, impatients de retrouver un clavier et un ordinateur. Il pourrait trouver qui était ce connard. Tout ce qu'il lui fallait, c'était une infime piste à suivre.

— De toute évidence, elle ne t'aime pas autant que

tu le pensais, si ? s'enquit l'homme d'une voix plus forte.

Tex l'ignora. L'appâter avec l'amour de Melody ou son manque d'amour n'allait pas marcher. Tex était très rassuré quant à sa relation avec son épouse. Il ferait tout pour elle, mourrait même, si grâce à cela elle vivait. Ce qui était un dernier recours, évidemment. Il voulait vivre. Il avait encore plein d'années de bonheur conjugal à connaître.

— Tu m'écoutes ?! cria l'homme, perdant un peu du contrôle qu'il avait eu depuis que l'on avait traîné Tex hors de sa boîte.

— Oui, répondit-il simplement.

— Nous avons laissé un mot, disant que nous te rendrions si elle payait une rançon. Et jusqu'à présent, elle ne semble pas intéressée à l'idée de payer quoi que ce soit pour ton retour.

— Tu lui as dit comment te contacter ? Laissé un numéro ? Un e-mail ? Quelque chose ? demanda Tex, la voix posée et calme. Parce que sans ça, elle ne peut pas te prévenir qu'elle s'en occupe, si ?

Il ne savait pas vraiment comment il trouvait les mots justes pour asticoter cet homme, mais il y parvenait.

Et il avait raison. Ses ravisseurs ne voulaient pas d'argent. Ils auraient appelé Melody ou l'auraient contactée autrement si cela avait été le cas. Auraient donné un moyen à Melody de leur remettre une rançon.

Tex vit les autres hommes dans la pièce se regarder avec confusion. Il était maintenant plus qu'évident qu'ils n'étaient pas au courant des détails du kidnapping. On les avait appelés pour leurs muscles. Pour le facteur d'intimidation… et ils étaient visiblement surpris que la demande d'argent n'ait pas inclus une quelconque manière pour Melody de communiquer avec l'homme qui se trouvait aux commandes.

— Elle ne t'aime pas, putain ! cria l'homme, perdant finalement son sang-froid. La seule raison pour laquelle elle est avec un *estropié* comme toi, c'est à cause de ton fric. Pas étonnant qu'elle ne veut pas payer. Elle veut garder tout cet argent pour elle. Elle est probablement soulagée de ne plus avoir à regarder ton moignon dégoûtant !

Tex gardait son calme. Rien de ce que disait cet homme ne faisait mouche. Melody n'avait aucun problème avec son handicap et elle se fichait royalement de ses cicatrices ou de son « moignon », comme ce connard avait appelé sa jambe.

Quand il se rendit compte que ça ne faisait pas réagir Tex, il poussa un gros soupir énervé puis prit quelque chose dans son dos.

Ça eut de quoi crisper Tex pour la première fois. Il savait ce que signifiait ce mouvement... et il avait raison : son ravisseur sortit un pistolet d'un holster en bas de son dos et pointa l'arme sur Tex.

— Selon toi, comment elle se sentira quand elle t'entendra te faire tirer dessus sur la bande ? demanda l'homme, en se rapprochant de Tex.

Regarder l'intérieur du canon de l'arme fit suer Tex à grosses gouttes pour la première fois. Il ne voulait pas mourir. Mais il n'allait pas céder devant cet homme. Putain, il ne lui avait même pas soutiré de quelconques informations. Ne le menaçait pas pour le faire parler. Tex ne savait pas trop pourquoi ce mec était si contrarié. Mais il comprit à ce moment-là que toute cette conversation était enregistrée. C'était ça qu'avait fait l'homme près du tabouret, il avait appuyé sur la touche pour l'enregistrer sur un foutu magnétophone. Un truc des années quatre-vingt. Ce qui était plutôt futé puisque Tex – et certains des hommes et des femmes avec qui il travaillait – seraient capables de tracer un fichier audio transmis par e-mail.

— Ne cède pas ! cria Tex, sachant que l'homme prévoyait d'envoyer la bande à sa femme pour la torturer.

Il était également presque certain que cela ne

signait pas la fin de sa vie. Non, cet enfoiré n'en avait pas terminé avec lui. Il ne faisait que commencer.

— Tais-toi ! ordonna l'homme.

Mais Tex ne se tut pas.

— Je t'aime, Mel. Je vais bien ! Ne donne pas d'argent à ce connard ! Dis...

Il ne put finir son message d'amour pour ses enfants avant que ne retentisse dans la pièce un bruyant coup de feu.

Il fallut à Tex une fraction de seconde pour comprendre qu'on ne lui avait pas tiré dans la tête, ni le cœur, ni le bide, nulle part où ça lui aurait probablement été fatal.

Non, ce salopard lui avait tiré dans la jambe. Le mollet.

Avec un peu de retard, un hurlement tourmenté lui échappa. La douleur était immense. Elle le submergea presque.

— Espèce d'enfoiré ! Putain, ça va pas ! s'exclama-t-il.

— Peut-être que cela donnera à ta précieuse femme un peu de motivation pour réunir le putain de fric qu'on a réclamé, dit l'homme.

À travers un halo incandescent de douleur, Tex vit l'homme faire un signe de tête au mec près du magnéto.

Il appuya sur une touche puis prit le petit appareil avant de quitter la pièce.

Par l'ouverture de la porte, Tex aperçut ce qui ressemblait à une sorte de salon, bien que personne n'y avait vécu depuis un bon moment. Mais il n'eut pas l'occasion d'en voir plus avant que la porte ne se referme derrière l'homme qui venait de partir.

— Remettez-le dans la boîte. Laissons-le réfléchir à tout ça un moment, ordonna le chef.

— Réfléchir à quoi ?! s'emporta Tex, se débattant contre les hommes qui lui avaient détaché les mains et coupé le colson dont ils s'étaient servis pour attacher sa jambe désormais en sang. Tu ne m'as strictement rien demandé ! N'as rien exigé que je fasse. Il n'y a rien à réfléchir excepté à ton extrême lâcheté ! Tu ne me diras même pas ce que j'ai soi-disant fait pour que vous me kidnappiez !

— Tu peux penser à ce que ta précieuse Melody ressentira quand elle recevra la bande. Quand elle t'entendra te faire tirer dessus et hurler de douleur, répondit l'homme sans aucune forme de sentiment.

Puis il tourna le dos à Tex qu'on traînait pour remettre dans la boîte.

Tex luttait mais en vain. Il fut littéralement jeté à nouveau dans la caisse, atterrissant dans un bruit sourd sur le sol dur avant d'être une fois de plus enfermé dans le noir. Une demi-seconde plus tard, la musique tonitruante reprit.

Tex rejeta la tête en arrière et hurla sa frustration et sa douleur.

Son ravisseur ne se trompait pas quant à ses réflexions ; il ne *pouvait* penser à rien d'autre qu'à la réaction de Melody en entendant ce coup de feu, se demandant ce qui avait bien pu lui arriver. S'inquiétant qu'il ait été tué et qu'elle ait été obligée de l'entendre. Il espérait juste qu'elle serait capable de penser avec suffisamment de raison pour que le fait qu'il ait crié *après* le coup de feu signifiait qu'il n'était de toute évidence pas mort.

Bien entendu, il pouvait toujours se vider de son sang. Posant aussi fermement que possible les mains sur les trous dans son mollet afin d'arrêter le saignement, Tex se balançait d'avant en arrière et serrait les dents, submergé par la douleur.

Globalement, il était complètement impuissant en cet instant. Avec une seule jambe sur laquelle se tenir, littéralement, et cette jambe-ci ayant reçu une balle, l'unique moyen de sortir de cette boîte ne pouvait se faire que s'il rampait... idée à laquelle il ne s'opposait pas si cela l'aidait à s'échapper.

Sauf qu'il n'y avait aucune issue dans cette boîte. Il en avait minutieusement examiné chaque centimètre avec ses mains ces deux derniers jours. Le seul moyen de sortir, c'était si quelqu'un ouvrait la porte et le libérait. Putain.

La frustration le rongeait. Ses ravisseurs avaient l'avantage, il n'y avait aucun doute là-dessus. Tex avait besoin que ses amis se bougent les fesses et trouvent une solution. Il était évident que le chef connaissait Tex. Et il semblait faire une fixette sur Melody, ce qui était terrifiant. Il pourrait tenter de se servir de sa femme pour torturer Tex ou il pourrait projeter quelque chose de plus diabolique. Penser à Melody dans la même situation que celle qu'il vivait en cet instant était peut-être l'unique chose qui pourrait briser Tex.

Il priait pour que quelqu'un ait contacté Ryleigh. La jeune femme était une putain de génie avec les ordinateurs et le piratage. Si elle parcourait les dossiers de Tex – il ne doutait pas qu'elle pouvait pirater son ordinateur sans problème –, elle pourrait dénicher quelque chose. N'importe quoi.

Ses autres amis n'étaient pas non plus des empotés. Elizabeth, Baker, Wolf, Trigger, Mustang, Cookie, Cruz... s'ils collaboraient tous ensemble, ils pourraient trouver une solution. Il priait juste pour qu'ils soient en mesure de le faire avant que le lunatique qui avait une foutue dent contre lui n'ait la gâchette un peu trop facile et décide d'arrêter les frais.

Impossible qu'il laisse Tex partir à ce stade. Non, soit ses amis résolvaient ce merdier, soit Melody devrait enterrer son époux.

Ce fut cette idée, accompagnée de la douleur, qui fit vomir Tex. Même s'il n'avait pas grand-chose dans le ventre... De la bile et un peu d'eau. Il ne pouvait supporter de penser à la souffrance de Melody quand elle entendrait l'enregistrement.

— Allez, les gars... J'ai besoin que vous me trouviez et me sortiez de cet enfer, marmonna-t-il, incapable de percevoir ses propres paroles par-dessus le volume du heavy metal.

Pendant une fraction de seconde, il songea à Raiden et Khloe. Au fait qu'ils avaient été fourrés dans un coffre avec du death metal – le genre le plus désagréable – qui beuglait tout autour d'eux. Il n'avait pas saisi les effets psychologiques et physiques que ce genre de musique pouvait avoir sur une personne jusqu'à aujourd'hui. Il se jura, s'il survivait à ça, de les appeler et de s'excuser de ne pas les avoir retrouvés plus vite.

S'efforçant de faire abstraction de la musique, Tex se focalisa sur sa jambe. Il palpa son mollet douloureux et constata que la balle avait directement traversé la partie charnue, ce qui était une bonne chose. Ça voulait dire qu'il n'avait pas une balle logée à l'intérieur de son corps.

Ce salopard était un très bon tireur, ce qui ne récon-fortait pas du tout Tex. Il aurait carrément pu tirer dans un endroit qui lui aurait été fatal et pourtant, il ne l'avait pas fait. À la place, il avait choisi de lui causer une blessure superficielle, très douloureuse, dans son mollet. Tex aurait préféré avoir eu affaire à un amateur. Mais à chaque minute qui passait, il apprenait que ce n'était pas du tout le cas. Ce mec était bon. Mais Tex était convaincu que sa bande était meilleure. Ils devraient l'être pour qu'il sorte de là, en vie.

9

Trois jours.

Quand tout cela avait commencé, si l'on avait dit à Melody qu'autant de temps allait passer sans avoir aucune nouvelle de l'endroit où pouvait être son mari, elle serait devenue folle. Mais les jours se confondaient tous. Elle dormait à peine, devait se forcer à manger. Amy avait ramené chez elle Hope et Akilah pour les éloigner du stress et de l'inquiétude constants qui avaient pris le contrôle de la maison Keegan. Cade était parti avec elles pour continuer à veiller sur elles, s'assurer qu'elles étaient en sécurité, et Rex, le gars du Colorado, avait envoyé deux hommes supplémentaires pour aider à protéger les filles. Il semblait à Melody qu'on lui avait présenté Meat et Arrow mais elle n'en était pas certaine à cent pour cent. Elle était simplement soulagée que des gens s'occupent de ses enfants.

Elle faisait les cent pas, une action qu'elle réalisait presque sans s'arrêter. Elle avait sûrement déjà effectué vingt mille pas aujourd'hui. Mais elle ne pouvait rester sans bouger. Ne pouvait s'empêcher de se demander ce qui pouvait bien arriver. Où pouvait être John.

Pendant ce temps, des personnes partout dans le monde avaient fait don de presque sept cents millions de dollars. Steve Ballmer, qui avait des liens avec Microsoft, y avait contribué grandement, et même le plus riche des milliardaires, Bernard Arnault, président et PDG de l'empire LVMH composé de soixante-quinze marques de mode et de cosmétique, avait transféré une grosse somme d'argent, car il avait autrefois consulté Tex sur la façon de prémunir ses cinq enfants adultes de kidnappeurs avides d'argent.

Elle en était abasourdie. Un tel don était incompréhensible. Et pourtant, ça ne suffisait pas. Et ça n'avait aussi aucune importance, car ils n'avaient reçu aucune instruction de la part des ravisseurs de John. À quel endroit déposer l'argent. Une preuve qu'il était en vie. Rien.

Beth n'avait pas beaucoup dormi non plus ; elle était restée dans le bureau de John au sous-sol presque vingt-quatre sur vingt-quatre, tous les jours. Elle était en discussion permanente avec Ryleigh, la femme du Nouveau-Mexique. Ensemble, elles parcouraient les fichiers de John, essayaient de comprendre qui se cachait derrière cet enlèvement et pourquoi.

Mais tout cela se déroulait trop lentement pour la tranquillité d'esprit de Melody. Elle voulait que John revienne. Aujourd'hui. Maintenant.

Quand le portable de Melody sonna – celui qu'elle avait récupéré auprès de la police –, elle tourna vivement la tête vers la source du son. Elle plongea vers le comptoir, espérant contre toute attente que John l'appelait pour lui dire qu'il s'était échappé et lui demandait qu'on vienne le chercher. C'était une pensée ridicule, mais elle ne pouvait s'empêcher d'espérer quand même.

Toutefois Matthew se tenait juste près du comptoir et prit le téléphone en premier. Melody le dévisagea de ses grands yeux, observant le moindre signe que la personne au bout du fil appelait pour donner de bonnes nouvelles.

— Téléphone de Melody Keegan... ouais, elle est là, mais vous pouvez me parler. Attendez, où ? Sérieux ? Putain. Très bien, quelqu'un ira la récupérer. Et nous voudrons voir les vidéos de sécurité également... Est-ce que vous vous fichez de moi ? Putain de bordel de merde. *Très bien*. Vous saurez qui viendra pour la récupérer, car ce sera un mec super flippant que vous n'aurez pas envie d'énerver.

Puis Matthew appuya avec agressivité sur la touche « raccrocher » du portable.

— C'était bien plus satisfaisant quand on pouvait claquer les combinés de téléphone, marmonna-t-il avant d'inspirer profondément et de regarder tous les gens présents dans la pièce.

Caroline et Jodelle s'étaient rapprochées ces deux derniers jours. Jodelle était la plus douce des femmes et dans une tout autre situation, Melody aurait adoré apprendre à mieux la connaître. Mais elle ne pouvait penser à rien d'autre qu'à John et à ce qu'il était en train de vivre.

Baker n'était jamais loin de son épouse, vérifiant constamment comment elle allait, s'assurant qu'elle mangeait, buvait assez d'eau et se sentait bien pendant cette situation pleine de stress. Cela rappela à Melody la façon dont se comportait John avec elle, et c'était tout aussi douloureux que réconfortant.

Annie était toujours là également. Elle était tendue, comme sur le point d'éclater. Elle avait probablement effectué autant de pas que Melody. Elle voulait faire quelque chose, mais comme elle ne possédait pas de compétences en informatique, elle devait patienter jusqu'à ce qu'ils aient des informations pour passer à l'action.

— C'était un employé de *Stop-N-Go*, sur Fourth and Main. Il a dit qu'un gamin, un adolescent, est venu au magasin avec une cassette et le numéro de Melody. Il a ajouté qu'on lui a demandé de se rendre là et de donner la cassette, et de demander à quelqu'un d'appeler à ce numéro et de dire à la femme de venir la chercher, expliqua Matthew avant d'ensuite lever une main. Mais ils ne disposent pas de caméras de sécurité. Oh, et le garçon a prétendu que le mec qui lui a remis la cassette a dit que le vendeur lui paierait une centaine de dollars pour la livrer.

— Tu penses qu'il sera toujours là-bas quand j'y arriverai ? s'enquit Baker, ne doutant à l'évidence pas du tout qu'il serait celui qui irait la récupérer.

Matthew ricana.

— Non. Parce que le vendeur a dit que le gosse s'est barré en courant quand il a refusé de lui donner de l'argent.

— J'y vais aussi, annonça Annie.

— Je parlerai à Beth de cet appel, dit Jodelle.

Elle s'approcha de Baker, se dressa sur la pointe des pieds et l'embrassa, avant de se diriger vers la porte du sous-sol.

— Même sans les caméras du *Stop-N-Go*, elle peut

vérifier les autres caméras de la zone et voir si elle peut déterminer de quelle direction provenait le garçon. Ça pourrait nous donner une idée de l'endroit où il a rejoint la personne qui lui a remis la bande, marmonna Matthew.

— Mais qui dispose de quoi visionner une *cassette* ?! demanda Caroline à personne en particulier. Sérieux, est-ce que c'est une huit pistes, l'une de ces petites cassettes pour magnétophones qui étaient si populaires auprès des journalistes à l'époque ? Ou est-ce que c'est en fait un enregistrement numérique ?

— Je pense que Hope possède un lecteur de cassettes, dit Melody, le cerveau en ébullition. Nous lui en avions pris un, car elle était obsédée par tous ces trucs des années quatre-vingt après une journée à thème dans son école primaire. Nous l'avions trouvé à Goodwill et ils avaient même des cassettes. Debbie Gibson, Cyndi Lauper, Boy George…, raconta-t-elle avant de glousser, mais pas exactement sur le ton de l'humour. Jamais je n'aurais cru avoir besoin de lire une cassette envoyée par les kidnappeurs de mon mari.

Caroline se rendit immédiatement auprès de Melody et passa un bras autour de sa taille pour la soutenir.

— Nous reviendrons dès que possible. J'appellerai

Beth si nous avons des infos sur place, décréta Baker d'une voix monotone et sérieuse.

Juste après, Annie et lui partirent.

Melody tremblait. Elle redoutait d'entendre ce qu'il y avait sur cette cassette, mais en même temps, Baker et Annie ne pourraient jamais revenir aussi vite qu'elle le voulait. Elle devait savoir ce qui arrivait à John. S'il allait bien. Il n'était même pas garanti qu'il apparaisse sur la bande, mais elle avait hâte d'entendre sa voix. De savoir qu'il était toujours en vie.

Cela lui parut une éternité d'attendre le retour de Baker et Annie. Le temps semblait s'être arrêté alors que tout le monde patientait. Quand Melody entendit une voiture dans l'allée, elle fit son possible pour ne pas courir dehors et leur arracher la bande des mains.

Caroline avait récupéré le lecteur de cassettes dans la chambre de Hope et il se trouvait sur le comptoir quand Baker et Annie entrèrent dans la maison, aucun des deux n'ayant l'air ravi.

— L'employé n'a rien pu dire d'autre hormis le fait que le garçon avait environ treize ans, qu'il était blanc, portait un jean et un tee-shirt noir et qu'il ne l'avait jamais vu auparavant, annonça Baker.

— Eh merde, marmonna Matthew.

Melody se fichait presque de tout ça ; son regard était fixé sur la cassette dans la main d'Annie. La jeune femme vit le lecteur sur le comptoir et l'observa à deux fois.

— Nom d'un chien, où as-tu eu ça ? J'ai dit à Baker que nous n'avions rien pour passer ce truc, mais il voulait rentrer aussi vite que possible, car il savait que Melody se ferait du souci. On s'est dit qu'on pourrait trouver de quoi l'écouter après notre retour.

Melody fit un sourire reconnaissant à l'homme taciturne. Il était bourru et brusque sur les bords, mais elle l'appréciait beaucoup. Il n'avait pas tenté de lui cacher quoi que ce soit. Elle appréciait ça plus qu'elle ne saurait le dire.

— Je l'ai acheté pour Hope l'année dernière quand elle traversait sa période années quatre-vingt, expliqua-t-elle brièvement.

Annie hocha la tête et s'approcha du comptoir. Elle inséra la cassette avec précaution puis leva les yeux vers Baker comme pour lui demander si elle pouvait la lire. Melody voulait hurler. La seule personne à qui elle devrait demander la permission de lancer ce fichu truc, c'était *elle*, mais elle retint son irritation. Tout le monde essayait seulement d'aider.

— Pourquoi ne pas nous laisser écouter ça les premiers ? lui suggéra gentiment Matthew.

Melody secoua fermement la tête.

— Non. Allez, Annie. Mets en route, exigea-t-elle.

— Tu es sûre ? s'enquit Baker. Nous ignorons totalement ce qu'il y a dessus.

— John est mon époux. Je ne suis *pas* stupide. Je suis parfaitement consciente qu'il pourrait ne pas du tout être présent sur cette bande. Qu'il pourrait être mort. Et vous pourriez penser que je suis hystérique ou que je souhaite simplement que rien de tout ça ne soit vrai, mais je n'ai pas l'impression qu'il est parti. Ici, dans mon cœur, dit Melody, posant une main sur sa poitrine. J'ai besoin de savoir quelles seront les prochaines étapes. S'ils ont vraiment fait ça pour du fric, je veux être en mesure de donner l'argent que les gens ont généreusement envoyé à ces connards et qu'on me rende mon mari. J'ai besoin de lui. Hope et Akilah ont besoin de lui. Merde, le *monde* a besoin de lui. Ça m'énerve parfois qu'il se terre dans son sous-sol à aider les autres, mais je ne voudrais pas qu'il en soit autrement. Alors, maintenant, mets cette putain de cassette, Annie !

— Fais-le, confirma Baker, en adressant un signe de tête à la jeune femme.

C'était comme si tous ceux dans la pièce retenaient leur souffle, Annie appuya finalement sur le bouton de lecture du lecteur de cassettes.

Il semblerait que ta femme ne coopère pas, dit une voix masculine.

Melody frissonna sous la menace et l'horreur qui provenaient, haut et fort, de la cassette qui grésillait.

Peut-être que si elle savait qui vous étiez et pourquoi vous m'avez emmené, elle serait plus encline à jouer à votre jeu.

Melody ne put faire autrement que sourire légèrement d'un air satisfait aux propos de son mari. Il avait raison. Elle était plus qu'encline à payer le connard qui avait enlevé John, mais elle devait savoir *comment* le faire.

Comment sais-tu que je ne lui ai pas déjà dit ?

Parce que si c'était le cas, tu serais mort et je serais chez moi avec ma famille.

Tellement arrogant ! Tu as toujours été le fils de pute le plus prétentieux. Comme je l'ai dit, ta femme ne se montre pas coopérative. De toute évidence, elle ne t'aime pas autant que tu le pensais, si ?

Melody voulait se moquer. John savait à quel point elle l'aimait car elle le lui disait tous les jours. Au moins une fois. Il était tout pour elle et il le savait.

Tu m'écoutes ?!

Oui.

Entendre John ayant l'air si calme devant le visage de cet enfoiré qui s'énervait de plus en plus était satisfaisant. Il avait toujours été comme ça. Cela était obligatoire pour faire ce qu'il faisait. Il devait rester calme quand les choses partaient en sucette. John avait autrefois dit à Melody que garder son sang-froid était la meilleure chose à faire quand on était dans une situation qui n'était pas de notre ressort.

Melody se rendit compte qu'elle avait loupé ce qui s'était dit, car elle s'était perdue dans ses pensées, en songeant à son mari, mais les propos suivants de l'homme en colère attirèrent brutalement son attention.

Elle ne t'aime pas, putain ! La seule raison pour laquelle elle est avec un estropié comme toi, c'est à cause de ton fric. Pas étonnant qu'elle ne veut pas payer ! Elle veut garder tout cet argent pour elle. Elle est probablement soulagée de ne plus avoir à regarder ton moignon dégoûtant !

Voilà qui énerva Melody. Elle aimait John pour l'homme qu'il était. Elle se fichait complètement de ce à quoi ressemblait sa jambe.

Selon toi, comment elle se sentira quand elle t'entendra te faire tirer dessus sur la bande ?

Son cœur cessa vraiment de battre dans sa poitrine. Melody s'agrippa aux bords du comptoir et se pencha en avant, vers le lecteur de cassettes. Elle voulait supplier Annie de l'éteindre. Elle avait été si convaincue qu'il était en vie ! Qu'il allait bien. Elle ne pouvait supporter de l'entendre se faire tirer dessus sur cet enregistrement.

Ne cède pas !

Pour la première fois, la voix de John contenait une note d'anxiété.

Tais-toi !

Je t'aime, Mel. Je vais bien ! Ne donne pas d'argent à ce connard ! Dis...

Melody hoqueta au son du tir qui résonna dans la cuisine. Ses jambes fléchirent et elle s'effondra sur le sol, le choc l'empêchant de rester debout.

Espèce d'enfoiré ! Putain, ça va pas ?!

Peut-être que cela donnera à ta précieuse femme un peu de motivation pour réunir le putain de fric qu'on a réclamé !

On entendit un clic. Puis l'enregistrement s'interrompit.

John ! C'était John qui jurait. Il était en vie... ou l'était juste après que le coup de feu soit parti. Melody s'assit au sol, tremblant de façon incontrôlable.

Caroline se rendit immédiatement à ses côtés, un bras autour de ses épaules, la tenant fermement.

À la surprise de Melody, Baker se mit à genoux à côté d'elle. Il ne la touchait pas, il entrait juste dans son espace personnel.

— Il va bien, dit-il, convaincu, d'une voix basse et dangereuse.

— Tu n'en sais rien, murmura Melody.

— Tu l'as entendu. Il était énervé. Si on lui avait tiré dans la tête, il n'aurait pas été en mesure de prononcer un mot. Et si ça avait été dans le cœur ou le ventre, il n'aurait sans doute pas insulté son kidnappeur, il aurait juré d'une façon plus générale. Passant ses derniers moments à te dire à quel point il t'aime.

Melody frissonna à l'image que les paroles de Baker lui mettaient en tête. Mais... il marquait un point.

— Tu crois qu'on lui a tiré dessus et qu'on ne l'a pas touché ? demanda-t-elle, espérant contre toute attente que Baker lui réponde oui.

Au lieu de ça, l'homme se pinça les lèvres.

Merde.

— Tex est intelligent. Et solide comme un roc. Il surmontera ça. Tout comme toi. Vous reposez l'un sur l'autre pour rester forts. Pour garder les idées claires. Pour faire ce qui doit être fait, lui dit Baker.

Melody acquiesça même si elle se sentait tout sauf forte en cet instant.

— Tu as trouvé quoi que ce soit là-dessus ?

— Trouvé ?

— Ouais. Genre des indices ou autres ?

À sa grande déception, Baker secoua lentement la tête.

— Pas vraiment. Mais le vendeur de la station essence nous a dit que le gosse qui avait déposé la cassette avait un message. Il a dit que l'argent devait être apporté au vieux Sugar Shack Mill demain à 23 h précises. Pas de flics, pas de FBI, personne d'autre que toi avec l'argent.

Cela surprit Melody.

— Le Sugar Shack Mill ? C'est au milieu de nulle part. Et c'est abandonné depuis longtemps.

Baker confirma d'un signe de tête.

— Annie a fait une rapide recherche pendant notre retour ici avec la bande, et c'est ce qu'elle a trouvé grâce à Google Earth View et d'autres infos qu'elle a eues en ligne.

— Attends, il veut du cash ? Même moi, je sais que c'est impossible. Déjà, il n'est pas faisable d'obtenir autant d'argent. Il n'y a simplement pas assez d'espèces dans cet État. Et ensuite, tous ces billets vont peser une tonne. Littéralement. Okay, je ne sais pas exactement combien ça pèserait, mais c'est ridicule. Pourquoi celui qui retient John n'a pas demandé que ce soit transféré par voie électronique ?

Melody se sentait bien mieux en parlant de ce genre de choses. Elle ne doutait pas qu'elle se rejouerait mentalement cette bande audio incessamment pour le restant de sa vie, mais pour le moment, elle était plus que partante pour penser à autre chose qu'à son époux se faisant tirer dessus.

— Parce que cet enfoiré sait que nous pouvons remonter la piste de tout transfert d'argent.

Levant les yeux, Melody remarqua que Beth était revenue du sous-sol et écoutait sa conversation avec Baker. Comme tout le monde. Jodelle, Matthew, Annie, Caroline... et apparemment, même Ryleigh du Refuge au Nouveau-Mexique. Beth tenait un téléphone et le commentaire était sorti du petit haut-parleur.

— Mais ils ont déjà merdé, continua Ryleigh à l'autre bout du pays. J'ai étudié la bande, j'ai séparé les voix des bruits de fond, j'ai passé la voix de ce connard de kidnappeur sur un analyseur et j'ai un programme qui passe en revue des échantillons vocaux de sacs à merde connus partout dans le monde pour voir s'il y a une correspondance.

— Et ? demanda Matthew, impatient.

— Rien pour le moment, puisque je viens de commencer, mais juste avant que vous ne reveniez avec cette cassette, j'ai réduit la liste de gens qui détestent tellement John au point de vouloir le voir souffrir... Et ceux qui ont les moyens et les relations pour faire quelque chose d'aussi culotté que le kidnapper en pleine journée, dans une rue très fréquentée.

— Ryleigh..., menaça Baker en se levant, prenant le haut du bras de Melody pour l'aider gentiment à se remettre debout également.

La différence entre la façon dont il tenait Melody et l'irritation dans sa voix était saisissante.

— Trois personnes : Damien Nightshade, Vincent Coldridge ou Asher Rook.

— Attends, je connais Nightshade, dit Matthew, l'air choqué. Il était sergent quand j'étais en équipe. Nous avons fait une opération avec lui. Je n'arrive pas à me souvenir où...

— Afghanistan, répondit Ryleigh. Et bonne mémoire. Oui, il était médecin et avant de travailler avec ta bande et toi, il bossait avec Tex. Son équipe avait eu la tâche de renforcer Tex et la sienne lors de leur infiltration dans un repaire de mauvais gars pour faire sortir un objectif d'une grande importance.

— C'est une cible prioritaire, murmura Caroline à Melody.

— Je sais, lui répondit cette dernière.

— Il a fait tout ce qui était en son pouvoir pour que les médailles que Tex et le reste de son équipe avaient gagnées sur cette mission leur soient retirées. Parce qu'il clamait que c'était *son* équipe qui avait sauvé le groupe de civils pris dans les fusillades entre les SEAL et ISIS.

— Alors, il a de la rancune..., commenta Matthew.

— Oh oui. Une putain de grosse rancune, confirma Ryleigh.

— Et je connais Coldridge, dit Baker. Enfin, j'ai entendu *parler* de lui en tout cas. Il est lié à la mafia italienne de New York.

Melody voulait demander comment ça se faisait que Baker connaissait quelqu'un de la mafia, mais elle décida qu'il valait mieux ne pas le savoir.

— Pourquoi aurait-il quelque chose à reprocher à mon mari ? s'enquit-elle à la place.

— Je ne sais pas. Mais tu peux être sûre que je vais le découvrir, dit farouchement Baker.

— Car Tex, en traquant une adolescente disparue, a exposé une opération de trafic d'armes de plusieurs millions de dollars dirigée par la famille Coldridge, expliqua Ryleigh, avec la même facilité qu'elle les aurait informés de la météo de la semaine à venir. Il ne le voulait pas, évidemment, mais la fille avait fui avec son petit ami qui faisait partie de l'équipe de sécurité d'une cargaison d'armes et quand les flics sont venus chercher la fille, ils se sont retrouvés noyés sous les armes à la place. Coldridge n'a jamais pardonné ça à Tex, même s'il n'avait pas vraiment quelque chose à voir avec la révélation de cette opération de trafic d'armes. Sa fille disparue était juste au mauvais endroit au mauvais moment.

— Putain, dit Baker.

Melody était d'accord à cent pour cent avec ce sentiment.

— Et le dernier mec ? Asher Rook ? Qui est-il ? demanda Annie.

— Personne, répondit Beth, avant que Ryleigh ne puisse le faire. Vraiment, personne. Il n'est pas militaire, ne possède pas une tonne d'argent ni d'influence. Merde… en fait, il vit dans le sous-sol de sa mère. Il a quarante-trois ans, n'est pas marié actuellement, n'a pas d'enfant, ne travaille que sporadiquement. Son passe-temps favori est de jouer aux jeux vidéo en ligne.

— Mais enfin pourquoi serait-il sur ta liste? demanda Baker. Vu ce qu'a dit Melody, les mecs qui les ont emmenés, Tex et elle, avaient l'air professionnels, et ils en savent suffisamment pour ne pas utiliser de moyens électroniques pour communiquer, afin de ne pas pouvoir être localisés.

— Eh bien, il y a cinq ans, sa femme a disparu. Comme ça, pouf. Elle s'est rendue à un match de football à Pittsburgh et n'est jamais rentrée chez elle. La police n'a jamais retrouvé sa trace. Asher a été interrogé, mais il n'y avait aucune preuve qu'il soit lié à sa disparition. Apparemment, Rook avait entendu parler de Tex et il l'a contacté, pour lui demander de l'aide. Mais à cette époque, il était dans une affaire jusqu'au cou, essayant de retrouver quelqu'un d'autre. Il a dit à Rook qu'il était désolé mais qu'il ne pouvait pas l'aider.

— L'ont-ils retrouvée? interrogea calmement Melody.

— Non, répondit Ryleigh. Rien. Pas de corps, aucun

indice. Puis, il y a environ dix ans, il y a eu une effervescence d'activité sur le *dark web* provenant de l'adresse IP de la mère de Rook que Tex a trouvé pertinente. Des recherches, des renseignements concernant toute sa vie avant d'être dans la Navy, jusqu'aux missions auxquelles il avait participé quand il était SEAL, ses dossiers médicaux et toute mention de Tex dans les infos.

— Ça ne veut pas dire que Rook est impliqué. Surtout s'il n'a pas d'expérience militaire. Comme l'a dit Baker, étant donné ce qu'on a vu sur les caméras de surveillance, les gens qui ont enlevé Tex et Melody avaient des compétences, argumenta Matthew.

— Asher Rook a un QI de 150, précisa Ryleigh.

— Bordel de merde, genre il est... vraiment intelligent, dit Melody.

— Exactement. Le QI moyen est de cent, les génies se situent entre 120 et 140... et ça ne concerne que deux pour cent de la population.

— Alors, pourquoi ce gars vit comme un parasite chez sa mère ? interrogea Annie. Il pourrait bosser pour l'une des meilleures sociétés du monde. Se faire une tonne d'argent.

— Aucune idée, répondit Ryleigh. Mais gardez en tête qu'il passe aussi des heures à jouer aux jeux vidéo. Et que ses préférés sont des *shoot them up* militaires.

— Putain.

— Merde.

— Bon sang.

Melody était entièrement d'accord avec les commentaires de ses amis concernant la situation.

— Toutes ces heures ont été comme des recherches pour lui, dit Baker. Alors, est-ce qu'on penche pour Rook ?

— Je n'ai pas dit ça, rétorqua patiemment Ryleigh.

— Mais tu n'as *pas* dit le contraire non plus, la contredit Matthew.

— Écoutez. Ça pourrait être n'importe lequel de ces trois mecs. Ou quelqu'un que je n'ai pas encore décou-vert, leur dit Ryleigh.

— Mais tu ne le penses pas, renchérit Matthew.

— Je ne le pense pas, confirma Ryleigh. J'ai vérifié que Nightshade comme Coldridge avaient des alibis solides comme des rocs. Ça ne veut pas dire qu'ils n'au-raient pas pu engager quelqu'un ou toute une ribam-belle de gens pour choper Tex, mais rien chez ces deux-là ne sort de l'ordinaire pour eux. Pas d'appels télépho-niques vers des numéros inconnus. Pas d'argent trans-féré sur des comptes *offshore*. En ce moment, ils continuent simplement leur misérable vie.

— Alors, quelles sont nos prochaines étapes ? Melody a raison, comment s'attend-il à ce qu'elle apporte autant de cash au point de chute ? demanda Baker.

— Ce n'est pas une question d'argent. Ça ne l'a jamais été pour lui, dit Matthew, l'air grave. Il est question de gagner la partie. De se venger. Il n'a pas aidé Asher à retrouver sa femme alors il veut que Tex souffre.

— Il ne va jamais laisser partir John, n'est-ce pas ? murmura Melody.

La compassion et le regret sur le visage de Matthew refirent presque ployer les jambes de Melody.

— J'en doute, en effet, répondit-il au bout d'un moment.

— Alors quel est l'intérêt de tout ça ?! hurla Melody, écœurée de tout.

Elle avait atteint son point critique. Cela ne faisait que quelques jours, mais chaque journée avait semblé une éternité. Une partie d'elle, une très *petite* partie, éprouvait de l'empathie pour cet Asher. Cela avait dû être horrible de ne pas savoir où était sa femme ou ce qui lui était arrivé. Il n'avait pas pu tourner la page, à aucun moment. Mais reporter sa frustration et sa colère sur sa famille et elle parce que John avait été occupé à sauver quelqu'un d'autre ? C'était inacceptable.

— Pourquoi me faire apporter l'argent à cette usine

abandonnée au beau milieu de la foutue nuit s'il ne laisse pas John partir ?

— Parce qu'il veut que *tu* souffres, toi aussi, dit calmement Ryleigh.

Melody ne voulait pas entendre ça. Elle n'aimait pas que cette autre femme semble aussi peu indifférente face à toute cette situation.

Elle tendit la main pour se saisir de la tasse de café qu'elle avait utilisée plus tôt et la jeta aussi fort que possible contre le mur du salon. Elle se brisa en mille morceaux.

— Et je veux que ça *te* touche ! hurla-t-elle au téléphone, en ayant préféré que la femme qui était la cible de son courroux se tienne devant elle. Je veux que tu donnes l'impression d'en avoir quelque chose à faire, pas comme si tu récitais ce que tu as besoin d'acheter plus tard à la putain d'épicerie ! Et je veux que mon mari revienne !

Personne ne prononça un mot.

Tout ce que pouvait entendre Melody, c'était sa propre respiration saccadée. La main de Caroline apparut sur son épaule, mais elle s'en débarrassa d'un haussement. Elle avait les yeux rivés sur le téléphone dans la main de Beth, souhaitant que la supposée incroyable Ryleigh – que John considérait comme meilleure que lui en piratage – dise quelque chose qui l'aiderait à se sentir mieux.

Au lieu de ça, ses propos empirèrent l'état de Melody.

— Je m'en soucie. Tex m'a fait me sentir… utile pour la première fois de ma vie. Comme si ça ne faisait pas de moi une tarée de savoir comment tout fonctionne sur un ordinateur. Il m'a dit qu'il m'admirait. Que si ses filles avaient la moitié de mon intelligence, de ma gentillesse et de mon ingéniosité, il considérerait cela comme une bénédiction. Et le fait que quelqu'un ait osé se servir de *toi* pour l'atteindre me fait enrager, parce que j'ai autrefois été utilisée comme appât et moyen de pression, tout comme toi. Mais si je prends le temps de trop y penser, je ne pourrai pas faire mon boulot. Si ça peut t'aider à aller mieux, une fois que ce sera fini et que Tex sera rentré, je vais complètement m'effondrer et devrai certainement faire plusieurs sessions avec notre psychiatre sur place, Henley, ici au Refuge.

— Je suis désolée. Merde, je m'excuse. Je me comporte comme une garce, dit Melody, la gorge nouée. Tu n'as probablement pas dormi beaucoup ces trois derniers jours non plus et je suis là, à me monter ingrate et horrible. Je sais que tu t'inquiètes. Comme tout le monde. Parce que John *est* ce genre d'homme, il se soucie de tout le monde, veut protéger le monde du mal, alors je sais que les personnes dont il est le plus proche ressentiront la même chose. C'est juste que... Je suis tellement anxieuse. Et frustrée quant à ce qu'il faut faire ensuite.

— Ryleigh, où est Asher en ce moment ?

Tout le monde se tourna pour observer Annie. Elle se tenait légèrement à l'écart des autres, ses mains formant des poings et elle... avait l'air... *furieuse*.

— En cet instant précis, je n'en suis pas sûre. Comme je l'ai dit plus tôt, il vit avec sa mère dans un quartier du nord de la ville de Washington. Pourquoi ? À quoi tu penses ?

— Les gens avec un QI élevé sont très instruits, mais parfois, ils ne sont pas très doués pour gérer les choses de la vraie vie. Et s'il retenait Tex non loin ?

— Non loin, comment ? aboya Baker.

— Je ne parle pas de la maison de sa mère, ce serait trop évident, même pour lui. Mais y a-t-il des maisons abandonnées dans le voisinage ou à distance raisonnable ? Ou... Je suppose qu'il ne l'aurait pas planqué à l'usine où déposer l'argent, mais y a-t-il un endroit entre ce lieu et sa maison qui pourrait être une possibilité ?

Ils entendirent tous des doigts tapoter sur un clavier.

— Je ne sais pas. Il faut que je regarde, dit Ryleigh.

— Nous avons jusqu'à demain, 23 h pour y voir plus clair, déclara Annie.

— Il est absolument hors de question que Melody se rende à cette livraison, renchérit fermement Matthew.

— Quoi ? Pourquoi ? Je dois le faire ! réagit Melody.

— Non. Pas question, lui répondit Matthew. Si tu crois que Tex me pardonnera un jour, ou l'un de nous, de t'avoir envoyée au milieu de ce merdier, tu te trompes. Tu resteras ici, où tu seras en sécurité.

— Si cet Asher est aussi futé que le dit Ryleigh, il sait que c'est exactement ce que diront les amis de John. De toute évidence, il sait où je vis puisqu'il nous a kidnappés dans notre propre rue. Il est conscient qu'il est impossible qu'on me laisse me rendre à cette livraison. Quel meilleur moyen de retourner sur ses pas et de me capturer sous vos nez pendant que vous serez tous occupés à ce fichu Sugar Shack ?

— Merde. Elle marque un point, grogna Baker.

Un grognement sincère. Dans une tout autre situation, Melody aurait trouvé ça sexy.

— Et si nous renversions la vapeur ? proposa Beth. Il sait que nous n'allons pas apporter un milliard de dollars en espèces au point de rendez-vous. Il ne sera sans doute même pas là. Si Ryleigh a raison, il veut juste emmerder Melody... et Tex. Alors, les amis, vous pouvez trouver tout endroit possible où Ryleigh imagine Tex éventuellement planqué, pendant que Melody se rend au Sugar Shack… mais pas seule, ajouta-t-elle rapidement. Cade pourrait l'accompagner. Ou peut-être qu'un autre ami de Tex pourrait y aller avec elle.

— J'appellerai les autres gars, suggéra aussitôt Matthew.

— Les autres gars ? questionna Melody.

— Ouais. Abe, Cookie, Dude, Mozart et Benny. Hurt et Cutter resteront chez eux pour veiller sur les familles, juste au cas où ce Rook déciderait de nous la faire à l'envers.

— Je suis sûre qu'ils sont occupés, protesta Melody bien qu'au fond d'elle, elle savait qu'elle se sentirait vachement mieux si elle avait l'équipe du SEAL de Matthew avec elle.

— J'appellerai Truck et mon père également. *Personne* ne déconne avec Truck, dit Annie avec un odieux sourire satisfait sur le visage. Lui et moi pouvons faire équipe pour aller vérifier les lieux que découvrira Ryleigh, et Fletch peut rester avec toi et les autres, Melody.

— Comment allez-vous l'emmener au Sugar Shack sans que ce Rook ne voie un véhicule avec six retraités des forces spéciales à bord ? demanda Jodelle.

— Plus j'y pense, plus je trouve que Ryleigh a

raison. Rook n'a jamais eu l'intention de retrouver Melody à l'usine abandonnée. Mais pour le un pour pour cent de chance où il *serait* là, nous ne mettrons qu'un seul de nos gars dans le véhicule avec elle, expliqua Matthew. Il sera accroupi devant le siège avant, à côté d'elle. Les autres se disperseront et infiltreront l'enceinte de l'usine et le bâtiment. S'il y a quelqu'un là-bas, ils le trouveront – *les* trouveront – et attendront le bon moment pour les emmener.

Pour la première fois, Melody commençait à se sentir un peu plus optimiste.

— Et l'argent ? demanda-t-elle.

— Il ne sera pas nécessaire, dans un cas comme dans l'autre. Si Rook est présent, nous le neutraliserons. Si personne ne se pointe, l'argent restera inutile, dit Baker.

— Pourquoi n'a-t-il pas appelé ? s'enquit Melody car c'est un détail qui la tracassait. Pourquoi faire passer le message concernant l'argent avec ce gosse ? S'il veut vraiment me faire souffrir, n'aurait-il pas téléphoné pour se vanter de détenir John ? Pour lui faire encore plus mal alors que j'entends ce qu'il se passe ?

— Parce qu'il sait qu'il pourrait être localisé de cette manière, répondit Beth. Il sait ce dont Tex est capable de faire avec l'électronique et se dit sûrement qu'il a des amis susceptibles de faire de même. Alors il évite tout endroit doté de caméras ou d'envoyer des e-mails et des SMS, ou d'appeler. Il essaie de la jouer à l'ancienne, pensant qu'il peut ainsi rester sous les radars.

— Quel idiot, marmonna Ryleigh dans le téléphone. Je vais commencer à chercher des endroits où Rook pourrait planquer Tex. Je garde le contact. Oh et au fait, les dons ont dépassé les neuf cents millions de dollars.

Melody hoqueta.

— Bordel de merde.

— Tex et toi allez devoir trouver quoi faire de cet argent quand il rentrera, lui dit Ryleigh.

— Le redonner ! répondit Melody sans hésiter. Nous n'en avons pas besoin.

— Pas si vite, rétorqua Baker. Pense à ce que Tex pourrait faire avec tout cet argent. Des traqueurs, des fondations pour les personnes disparues, des formations pour les services de police... les possibilités sont sans fin.

Il n'avait pas tort.

— Mais les gens ne voudront-ils pas récupérer leur argent, une fois qu'ils apprendront qu'il était finalement inutile ?

— Certains, peut-être. Ou parce qu'ils vont protéger leurs arrières et pensent que s'ils donnent l'argent et qu'ils auront un jour besoin de lui, il sera plus enclin à les aider. Mais je crois que la plupart des gens qui ont fait un don l'ont fait sans penser qu'ils le reverront un jour. Ils l'ont fait pour la contribution de Tex. Pour tout le bien qu'il a fait dans le monde, dit gentiment Jodelle.

Peut-être était-ce parce que c'était Jodelle qui avait prononcé ces paroles – une femme que Melody n'avait rencontrée que récemment, quelqu'un dont elle ignorait l'existence avant cette situation complètement merdique, qui était avec un homme qui lui rappelait énormément John –, mais Melody commença à réfléchir sérieusement à tout le bien qu'un milliard de dollars pourrait apporter pour les personnes disparues et exploitées dans le monde.

— Je peux t'aider à trouver où faire des dons, si tu choisis cette voie, dit Ryleigh par le haut-parleur. J'ai moi-même beaucoup d'expérience dans ce genre de choses.

— Il y aura du temps pour s'occuper de ça plus tard, déclara Matthew. Nous avons jusqu'à demain, 23 h, pour trouver un plan.

Melody ne savait toujours pas si John allait vraiment bien ou pas. Ce coup de feu qu'elle avait entendu sur la bande l'avait ébranlée toute entière. Mais à présent qu'ils avaient un semblant de plan, elle se sentait un peu plus légère. La possibilité qu'elle puisse être bientôt auprès de son mari lui faisait souhaiter que le temps passe plus vite. Elle voulait être demain soir à 23 h, maintenant. Qu'elle puisse ramener John.

Bien entendu, elle avait le sentiment que ce ne serait pas aussi facile qu'espéré. Que la personne qui avait emmené John voulait les faire souffrir tous les deux aussi longtemps que possible. Mais il avait sous-estimé l'obstination des SEAL, des Delta, des Bérets verts – d'Annie – des amis de John. Ils n'arrêteraient jamais d'essayer de le retrouver et de le ramener vivant.

— Tiens bon, mon cœur. Nous venons te chercher.

10

Tex était assis dans le noir, cette satanée musique continuant sans relâche, et il examina une nouvelle fois avec précaution la blessure de son mollet. Ça faisait un mal de chien, mais selon lui, le saignement avait enfin cessé. Bien sûr, ça ne lui ferait aucun bien s'il attrapait une infection. L'idée de perdre son autre jambe le rendait presque malade à en vomir.

Là encore, il ne doutait pas que Melody s'en ficherait s'il n'avait qu'une jambe, un bras ou pas de bras du tout. Tout ce qui compterait pour elle, c'est qu'il revienne vivant à la maison.

Tex s'allongea sur le dos et son regard se perdit dans le noir. Il ne pouvait rien discerner du tout, mais il ne voulait pas fermer les yeux. Il se creusa de nouveau la tête, tâchant de découvrir qui pouvait être derrière tout ça. Il avait énervé son lot de personnes avec les années, mais jamais il ne s'était senti en danger.

Il y avait eu cette fois où il avait croisé la mafia new-yorkaise, mais il était relativement certain d'être parvenu à calmer les choses là-bas. Ce n'était pas comme s'il avait eu l'intention d'envoyer les flics direct dans un énorme projet de trafic d'armes. Tout ce qu'il avait essayé de faire, c'était de ramener chez elle une adolescente portée disparue.

Il s'était aussi mis à dos les cartels de drogue du Mexique, après cette histoire avec Khloe Moore et Raiden Walker en Virginie, mais il avait l'impression que plus personne n'appréciait tant que ça Pablo Garcia de toute manière. Un enfoiré arrogant et impulsif. Et étant donné le temps qu'il avait passé en prison en Amérique, il ne lui restait plus beaucoup de contacts au sud de la frontière au moment où il avait été arrêté pour de bon.

D'autres situations passaient par la tête de Tex qui faisait de son mieux pour comprendre qui il avait pu mettre suffisamment en colère pour se retrouver dans cette situation. Et aussi, qui était suffisamment futé pour l'enlever. C'était probablement la meilleure question.

Malgré ses efforts, Tex ne parvenait à identifier

personne dans son passé qui se démarquerait. Mais ce que cette situation lui enfonçait dans le crâne, c'était qu'il devait être bien plus vigilant concernant sa sécurité et celle de sa famille. Il travaillait fréquemment avec le pire de l'humanité et il détestait qu'il y ait des retours de flamme. Sa seule consolation, c'était que ce retour de flamme avait été dirigé contre lui. Oui, Melody avait été happée dans cet enfer, mais il était plus que soulagé qu'elle ne soit pas retenue prisonnière avec lui.

Si son ravisseur avait *vraiment* voulu le torturer, ça aurait fonctionné.

En fait, avoir laissé sa femme partir causerait la chute de cet homme. Melody était intelligente et dure à cuire. Elle était sans doute secouée et blessée – ce qui tordait le ventre de Tex –, mais elle avait certainement sollicité les troupes. Et même si elle ne connaissait pas tous ceux avec qui il avait travaillé par le passé, ses amis sauraient qui appeler.

La première personne qu'elle avait contactée était sûrement Wolf.

Penser à son vieil ami donna le sourire à Tex. Repenser au moment où il avait aidé Wolf à trouver sa copine – alors presque petite copine – effaça ce sourire. Caroline avait vécu pas mal de merdes, mais à l'instar de Melody – et d'un sacré paquet de femmes qu'il avait secourues au fil des années –, elle était bien plus coriace qu'elle n'aurait pu l'imaginer.

Wolf avait sûrement pris le premier vol afin de traverser le pays et de se rendre aux côtés de Melody. Il les protégerait, ses filles et elle, Tex n'avait aucun doute là-dessus. Il se demandait qui Wolf choisirait de contacter… Pénélope ? Le soldat devenu pompier de San Antonio ? Trigger et sa bande de Deltas ? Peut-être Phantom et ses anciens camarades SEAL ? Peut-être même Ghost et ses Deltas. La plupart des hommes qu'il appelait ses amis n'étaient plus en service, mais ils n'en étaient pas moins redoutables. Selon Tex, les hommes et les femmes qui n'hésiteraient pas à proposer leur aide ne manquaient pas.

Mais s'il y avait une personne là dehors qui pouvait résoudre cette situation totalement foireuse, c'était Ryleigh Lodge.

La gamine – okay, elle n'était plus tout à fait une gamine mais était bien plus jeune que Tex, ce qui faisait d'elle une enfant à ses yeux – était une putain de génie. Bien plus futée que Tex. Elle n'avait vraiment pas eu de bol avec sa famille, mais elle en avait trouvé une nouvelle au Refuge, au Nouveau-Mexique. Wolf penserait à elle à coup sûr. Il l'avait rencontrée récemment, quand Caroline et lui s'étaient rendus au Refuge et qu'ils s'étaient retrouvés dans un merdier aux proportions épiques.

Ryleigh pourrait pirater son ordinateur et dénicher qui étaient les suspects les plus probables par rapport à son kidnapping. Et Tex n'avait aucun problème pour qu'elle aille dans ses fichiers non plus. Cette femme avait forcé d'innombrables bases de données gouvernementales et pourrait sans doute lancer des armes nucléaires en appuyant sur une touche de son clavier.

Mais elle était également la personne la plus digne de confiance qu'il ait rencontrée. Et généreuse. Il savait tout de l'argent qu'elle avait volé à son criminel de père au fil des ans et comment elle tentait paisiblement de tout redistribuer. Au-delà de ça, tout ce qu'elle voulait, c'était qu'on la laisse tranquille. Qu'elle vive sa vie.

Penser à ses amis fit oublier à Tex sa situation actuelle pour un temps. Oublier la musique hurlant dans son crâne. Oublier la douleur dans son mollet après la balle reçue. Oublier qu'il était impuissant comme jamais auparavant. Nu, enfermé dans une boîte, affamé, à pisser dans un seau.

Il survivrait à ça car l'alternative était inimaginable. Il devait juste laisser ses amis faire ce qu'ils avaient à faire. Et ils le feraient... car ils étaient ce genre d'hommes et de femmes. Honorables, loyaux et hyper obstinés.

Cette dernière pensée le fit sourire. Tex en avait vu des saletés dans sa vie, mais tout ce qui était arrivé de bon faisait que ça en valait la peine. Comme Melody et ses filles. Et ses amis. Il était chanceux. Cette situation prendrait fin et la vie continuerait... avec de la chance, il retournerait auprès de sa famille, un peu plus sage et davantage prudent dans ses activités de tous les jours.

* * *

— Ryleigh et moi avons trouvé quelques possibilités ! annonça Beth en entrant vivement dans le salon par la porte du sous-sol.

Sa venue brusque fit sursauter Melody, assise sur le canapé, et qui s'efforçait de maîtriser sa nervosité.

Il était 17 h, le lendemain, et ils n'avaient plus que six heures avant la supposée rencontre avec le kidnappeur de John au Sugar Shack.

Soulagée que Ryleigh et Beth disposent *enfin* de quelques infos pour eux, Melody se tourna vers la femme décoiffée. Elle se terrait dans le sous-sol depuis ces douze dernières heures, voire plus et avait l'air aussi épuisée que Melody...

Mais elle arborait également un sourire suffisant et satisfait.

— Nous en sommes arrivées à trois options qui

feraient de bons endroits pour planquer quelqu'un sans que d'autres le sachent, continua Beth. Je les ai marqués sur une carte, venez, ordonna-t-elle tout en se dirigeant vers la table de cuisine.

Tout le monde se leva immédiatement et se rassembla autour de la table, Beth étalant la carte de la zone.

— Voici là où nous sommes, la ville de Washington, dit-elle en pointant le quartier de Melody. Et ici, c'est là où vit la mère de Rook, tout au nord de la ville. Et enfin, ça, c'est le Sugar Shack. C'est à environ seize kilomètres à l'est de la maison de Rook. Entre ces deux zones, il y a trois lieux qui, selon nous, feraient de parfaites planques. Tout d'abord, ici. C'est une vieille station essence longeant une route rarement empruntée. Il y avait autrefois pas mal de trafic, mais ensuite, l'autoroute a été construite, ce qui l'a rendue obsolète. Il y a un énorme congélateur là-bas qui pourrait aisément contenir un prisonnier. Ce n'est clairement plus un congélo aujourd'hui puisque l'électricité ne passe plus dans cet endroit, mais il n'y a pas de vitres et il pourrait être verrouillé de l'extérieur. Rook a pu planquer Tex là-dedans et s'en aller vivre sa vie tranquille, sans craindre que Tex puisse s'échapper pendant son absence. En second, il y a une vieille maison qui a été saisie et n'a jamais été rachetée par la banque, laissée à l'abandon pour pourrir. Il y a une grange à l'arrière, avec des mauvaises herbes et des plantes grimpantes qui rendent l'accès presque impossible. Le chemin pour s'y rendre fait presque un kilomètre alors c'est vraiment isolé. Et le dernier – sans doute le plus improbable des emplacements, mais nous avons pensé devoir le mentionner, car nous ne savons pas ce qu'il y a dans la tête de ce Rook – est une vieille maison devenue point de deal dans un quartier assez misérable. Des gens vivent toujours dans le coin, mais ils se tiennent à l'écart pour la plupart. La majorité des habitants apparaissent sur le registre des délinquants sexuels, alors ils ne veulent rien avoir affaire avec les flics, ni attirer une quelconque attention sur eux.

— Selon toi, lequel est le plus susceptible d'être celui où est caché Tex ? demanda Matthew.

Beth se pinça les lèvres et se redressa au-dessus de la table. Elle haussa légèrement les épaules.

— Ryleigh et moi en avons discuté et le plus intelligent, ce serait la station essence. Ce congélateur est une cellule prête à l'emploi. Impossible que Tex soit en mesure de sortir de là de lui-même. La vieille maison est notre seconde option, même si au vu des images satellites, on dirait que personne n'est allé là-bas depuis longtemps. Mais ça pourrait exactement être ce que Rook *veut* que ça ait l'air. S'il a mis Tex là-dedans, qu'il l'a correctement emprisonné et l'a laissé, il n'y aurait pas beaucoup d'empreintes de pas d'une quelconque présence sur les lieux.

Le plus risqué serait cette maison dans le quartier de délinquants sexuels. En vérité, la plupart des gens n'appelleraient pas la police, compte tenu de leurs antécédents, mais ça ne veut pas dire que personne ne le ferait. Tout ce qu'il faudrait, c'est un seul coup de fil et tout le plan pourrait échouer. Et Rook est trop intelligent pour ça.

Le portable de Matthew vibra à la réception d'un message ; il y jeta un œil.

— Les gars sont là, annonça-t-il.

Melody afficha un sourire reconnaissant. Aussi merdique qu'était cette situation, elle avait hâte de revoir Abe, Cookie, Mozart, Dude et Benny. Ils lui avaient beaucoup manqué et mentalement, elle planifia un voyage en Californie une fois que John serait revenu à la maison et remis de son calvaire, afin qu'ils puissent également voir leurs femmes.

Matthew se rendit à la porte et l'ouvrit, et soudain, la pièce se remplit encore plus qu'elle ne l'était déjà.

Melody sourit à l'assemblée de visages familiers qui entrèrent et s'approchèrent immédiatement d'elle. Tous l'enlacèrent longuement mais doucement, prenant garde à son bras cassé, et dirent à quel point ils étaient désolés par cette situation.

Elle était sans voix. Melody *voulait* leur dire tant de choses, mais elle se sentit subitement submergée et ne parvenait à trouver les mots. Que ces hommes aient tout laissé tomber pour venir à ses côtés quand John et elle en avaient le plus besoin était incroyable.

Maintenant qu'elle y pensait vraiment, elle aurait probablement dû appeler ce détective et l'informer de ce que Ryleigh avait découvert. L'informer du supposé dépôt d'argent et lui demander s'il pourrait lui assurer une sécurité pendant qu'elle se rendrait au Sugar Shack.

Mais elle ne l'avait pas fait... car elle ne faisait pas vraiment confiance à cet homme. Elle était sûre de ses compétences dans ce qu'il faisait, mais c'était de son mari dont il était question. Elle ne pouvait se permettre de faire des erreurs, car sa vie était en danger. Elle avait confiance en Matthew, Baker et les amis de John. Et avant tout, elle confierait aux cinq nouveaux arrivants non seulement *sa* vie, mais aussi celle de John. Si elle allait à l'usine abandonnée et que John s'y trouvait, elle souhaitait et avait besoin de la présence de ces hommes avec elle et personne d'autre.

— Merci d'être venue, réussit-elle à dire malgré sa voix rauque.

— Nous n'aimerions être nulle part ailleurs.

— C'est normal.

— Nous vous aimons tous les deux.

— C'est ce que font les amis.

— Ce salopard va plonger.

Melody ne put faire autrement que ricaner au dernier commentaire de Dude. En temps normal, il était plutôt stoïque. Elle savait qu'il était un dominant, Cheyenne et elle en avaient suffisamment discuté pour qu'elle sache que les préférences sexuelles du couple étaient plutôt... intenses. Il aimait prendre les choses en main. Et puis, tout chez Dude hurlait son intégrité. Il le prenait personnellement quand les femmes étaient agressées ou battues. Jamais il ne ferait de mal à une femme tout comme il ne perdrait jamais le contrôle en mission. Sa vie entière dépendait de la maîtrise de soi, et en cet instant, Melody avait besoin de sa stabilité. De son contrôle. Car elle avait l'impression de ne pas en avoir.

— Quel est le plan ? demanda Abe.

Mais avant que Matthew ne puisse s'exprimer, il y eut un nouveau coup à la porte.

Se retournant, Melody vit un homme immense entrer dans la maison par la porte d'entrée déverrouillée que les anciens du SEAL venaient d'emprunter. C'était l'un des hommes les plus grands qu'elle ait jamais vus et son air renfrogné accentuait son affreuse cicatrice sur le côté de son visage. De surcroît, il était musclé. C'était vraiment un homme qu'elle ne voudrait pas croiser dans une allée sombre... même si elle ne passait pas beaucoup de temps dans les allées sombres.

Heureusement, elle savait exactement qui était le nouveau venu. Elle l'avait rencontré une fois, peut-être deux. Alors elle ne flippa pas devant cet effrayant et balèze étranger qui venait d'entrer dans sa maison.

Avant de pouvoir le saluer, Annie émit un gros cri joyeux.

— Trucker ! hurla-t-elle, fonçant droit vers lui.

Truck – son vrai nom selon Melody, même si elle ne pouvait s'en souvenir pour le moment – afficha un sourire en biais et ouvrit les bras pour qu'Annie s'y jette.

— C'est si bon de te voir, Sprite ! lui dit-il, l'enlaçant étroitement.

— Pareil ! s'exclama-t-elle, en lui adressant un grand sourire. Je suis un peu triste que Fletch n'ait pas pu venir également, mais Emilie étant à l'hôpital avec une appendicite, ce n'est pas comme s'il pouvait la laisser. Crois-moi, je pense que ça le tue de ne pas être là, mais c'est sûrement pour le mieux, car il me voit toujours comme la petite fille qui aimait chevaucher ce tank que vous m'aviez fabriqué dans le jardin.

Ils échangèrent un sourire comme s'ils se souve-
naient tous deux où ils étaient et pourquoi, puis ils se
tournèrent vers Melody et toute trace d'amusement
avait disparu de leurs visages.

— Est-ce que tu vas bien ? demanda Truck à Melody
d'un ton brusque, apercevant son bras plâtré.

— Aussi bien que je le peux, répondit-elle honnêtement. Mieux, maintenant que vous êtes tous là et que
nous avons un endroit où chercher John.

Truck regarda tour à tour les hommes.

— C'est quoi le plan ?

Melody ne put qu'avoir un petit sourire en réaction.
Il posait exactement la même question que Abe
quelques instants auparavant. C'étaient des hommes
d'action... ce qu'elle approuvait totalement.

Matthew fit un rapide topo à Truck concernant ce
que Beth et Ryleigh avaient appris sur la personne qui
pourrait être derrière le kidnapping et les éventuels
endroits où John pourrait se trouver.

— Je pense que la majorité de mon équipe ira avec
Melody au Sugar Shack. Je parie que personne ne se
pointera quand elle y arrivera, mais juste au cas où, je
veux m'assurer qu'elle est protégée. Tex me botterait le
cul si elle se faisait blesser alors qu'elle est sous notre
protection, dit Matthew.

Melody était plus que d'accord avec ce plan. Elle

était reconnaissante de ne pas être complètement mise de côté des activités de la soirée. Elle avait parfaitement conscience que tout le monde aurait préféré qu'elle reste là où elle était – en sécurité chez elle –, mais puisque le ravisseur avait spécifiquement exigé que ce soit elle qui apporte l'argent à l'endroit isolé, personne ne voulait faire autrement que ce qui était demandé, juste au cas où le ravisseur se présenterait réellement.

— Baker et Cade peuvent vérifier la station essence abandonnée, je m'en irai à la ferme avec Dude, et Truck, Annie et toi pouvez jeter un œil à la maison du quartier louche. Est-ce que ça convient à tout le monde ?

Chacun afficha son accord d'un hochement de tête.

— Beth, si Ryleigh et toi trouvez d'autres infos qui désignent un endroit ou un autre, ou qui vous font même penser que Tex n'est plus du tout près d'ici, appelez-moi immédiatement. Je relaierai l'info aux autres.

— Okay, mais ce ne sera pas nécessaire. Pas vraiment. Je veux dire, tant que vous avez tous vos téléphones sur vous, Ryleigh peut envoyer un message à tous en même temps. Elle s'assurera que le message soit envoyé aussi vite que possible.

— Ouais, évidemment qu'elle peut, répondit Matthew en acquiesçant, avant de se tourner vers l'assemblée une fois de plus. Que tout le monde mette son portable en silencieux. La dernière chose qu'on souhaite, c'est qu'un bip ou une sonnerie alerte Rook ou toute autre ordure de votre présence. Nous disposons de quelques heures avant de devoir nous en aller. Melody, pourquoi ne pas t'allonger, voir si tu peux te reposer un peu ?

La concernée ricana. Ça n'arriverait pas. Elle était prête à partir *maintenant*. Elle ne voulait pas attendre 23 h pour se rendre là-bas. Mais elle savait aussi que la nuit apportait une couverture conséquente pour les autres pendant qu'ils chercheraient John. Oui, ils étaient tous des forces spéciales, mais ils voulaient être sûrs d'avoir l'avantage. Personne n'avait oublié que cinq personnes avaient pris part à l'enlèvement de Melody et John. Elles pourraient appeler d'autres renforts, il y avait un tas de gens dotés d'expérience militaire qui seraient ravis de prendre un avion pour venir aider, mais ils ne voulaient pas attendre le lendemain pour passer à l'action. Alors ils faisaient un compromis en divisant la main-d'œuvre masculine et féminine dont ils disposaient sur le moment, en attendant qu'il fasse nuit pour passer à l'action.

Elle supposait qu'elle aurait dû être plus nerveuse qu'elle ne l'était. Aurait voulu que quelqu'un d'autre, plus probablement Annie, se fasse passer pour elle et aille au Sugar Shack à sa place. Mais elle devait le faire. Elle avait besoin de jouer un rôle dans le retour de John. Même s'il se trouvait que c'était une cause perdue et que le ravisseur n'avait aucune intention de la rencontrer dans l'usine désertée, elle avait quand même l'impression d'aider. Elle n'avait absolument pas peur. Pas en ayant Abe, Cookie, Benny et Mozart avec elle.

— Je ne peux pas dormir, répondit-elle fermement à Matthew.

Il hocha la tête comme s'il s'était attendu à cette réponse.

— Je veux passer un peu de temps avec chacun. Ça fait longtemps que je ne vous ai pas vus, dit Melody en s'adressant aux nouveaux venus.

Abe s'approcha et mit un bras sur ses épaules, l'enlaçant de côté.

Étonnamment, les deux heures suivantes s'écoulèrent rapidement. C'était agréable de rattraper le temps perdu avec les membres du SEAL de Californie et Truck. Mais quand 22 h arrivèrent et que Matthew annonça qu'il était temps d'y aller, elle était plus que prête.

Abe et Cookie avaient mis tous les sacs de sport et valises qu'ils avaient pu dénicher dans la maison à l'arrière de la voiture de Melody. Juste au cas où quelqu'un se trouverait à l'usine abandonnée, ils voulaient que

Melody ait l'air d'avoir de l'argent avec elle. Qu'elle se soumettait aux demandes du ravisseur. Les sacs étaient remplis de serviettes et les valises étaient vides. Melody avait été coachée pour prétendre qu'ils étaient lourds quand elle les sortirait du véhicule... si les choses en venaient là.

Les instructions pour le dépôt d'argent avaient été minimes, indirectement reçues de l'employé de la station essence.

Le plan, c'était que Cookie devait être dans la voiture avec elle et que les autres les précéderaient. Se garer loin de l'usine et se disperser pour scruter le terrain. Si quelqu'un était présent, ils garderaient un œil dessus jusqu'à ce que ces personnes se fassent connaître de Melody à son arrivée. Cookie resterait accroupie côté passager de sa voiture afin de la protéger si les choses tournaient mal.

Baker et Cade s'en iraient vers la station essence comme prévu pour vérifier le congélateur et voir si c'était l'endroit où John avait été caché.

Matthew et Dude partiraient pour la ferme... là encore, se garant à bonne distance afin de n'alerter personne qui pourrait être en train de surveiller si quel-qu'un venait, et une fois de plus, voir s'ils pouvaient y trouver John.

Enfin, Annie et Truck se rendraient dans le quartier

douteux. Ils n'auraient pas besoin de se garer aussi loin que les deux autres groupes puisque la communauté était dense. Mais cela rendait également moins probable que John y soit. Même avec des habitants majoritairement criminels sexuels et autres individus, hommes comme femmes, du mauvais côté de la légalité à un moment ou un autre, les chances que quelqu'un ait vu quelque chose de suspicieux et ait appelé la police étaient plus élevées qu'aux deux autres endroits.

Melody espérait vraiment que Ryleigh et Beth avaient raison et que John était dans l'un de ces trois lieux. Car l'alternative était impensable. S'il avait été transporté en dehors de la zone, ce serait encore plus difficile de le trouver. Et en l'absence de communication entre le ravisseur et Melody, ne lui disant pas ce qu'il voulait, elle ignorait ce que serait le dénouement de ce merdier.

Ce qu'elle savait, c'était qu'elle était prête à voir cela se terminer. Elle ne concevait pas de devoir dire à Hope que son papa était « perdu ». L'extrême souffrance de ne pas savoir où il était ou ce qu'il vivait était suffisamment difficile après seulement quelques jours. Melody ne pouvait vraiment pas imaginer ce que ça ferait si des semaines ou mois passaient sans savoir.

Elle faisait confiance aux amis de John. Elle l'avait entendu dire plus d'une fois à quel point Ryleigh était talentueuse. Que John pensait qu'elle était la meilleure des hackers. Melody n'était pas sûre de le croire, mais rien que le fait qu'il affirme ça était énorme. Cela signifiait que son époux avait un immense respect pour la jeune femme. Elle devait avoir raison. Il le fallait simplement.

Melody enlaça chaque homme et chaque femme dans la pièce, les remerciant d'être là, de faire ce qui devait être fait pour retrouver John.

Elle ne fut pas surprise que tout le monde ignore ses remerciements. Déclarant que c'était ce que faisaient les amis. Et ce que John avait fait pendant des années pour eux.

— Cela va sans dire que si tu trouves Tex, la première chose que tu devras faire sera de contacter l'un de nous, lui dit Matthew avec sévérité. Ne fais rien par toi-même. Aucun de nous ne sera très loin, nous pouvons rejoindre ton emplacement en quelques minutes. Tex a de meilleures chances de s'en sortir sans que Rook ou quiconque est le ravisseur ne le tue avant de pouvoir être secouru si nous travaillons ensemble. Compris ?

Tout le monde acquiesça. Les mots « ne le tue » résonnaient dans le cerveau de Melody. Ils ne pouvaient pas être aussi près de sauver John pour le perdre à la dernière seconde.

— Et s'il y a quelqu'un au Sugar Shack, dites-le-nous aussi tôt que possible, ordonna Matthew à son équipe. Selon les images satellites qu'a envoyées Ryleigh, ce serait un excellent endroit pour interroger la personne présente venue récupérer l'argent.

Melody n'était pas choquée par ses propos, ni même rebutée par eux. Elle espérait presque que quelqu'un *soit* là. Si les hommes avec elle pouvaient inciter quelqu'un à leur révéler où était John, elle se fichait de la façon dont le renseignement serait obtenu. Pour elle, la fin justifiait les moyens et le ravisseur avait provoqué ce qui lui arrivait dessus avec ce qu'il avait commis.

— Faisons ça. Souvenez-vous… protégez Tex à tout prix, rappela Matthew au groupe. Nous ignorons dans quel état il sera quand nous le trouverons. Pas après tout ce temps. Si cela implique de laisser Rook ou quelqu'un d'autre partir, ça ne fait rien. Il ne s'échappera pas. Nous l'aurons d'une façon ou d'une autre. Il ne peut se cacher nulle part en ayant Ryleigh et Beth sur le coup. Et quand Tex sera rétabli, il ne se reposera pas tant qu'il n'aura pas vu son ravisseur mort ou derrière les barreaux. Compris ?

Cette fois, les hochements de tête et les réponses affirmatives furent un peu moins enthousiastes. Melody comprenait. La dernière chose qu'elle souhaitait, c'était que l'homme qui avait kidnappé John soit en liberté dehors, complotant et prévoyant de recommencer. Elle ne voulait pas passer sa vie dans une bulle, à regarder constamment par-dessus son épaule. Mais Matthew avait raison. Si laisser partir le ou les méchants impliquait de protéger John et de le libérer, c'était ce qu'il fallait faire. John était ce qui comptait le plus ici. Point.

Caroline, Jodelle et Beth l'étreignirent fortement, lui souhaitant bonne chance, avant que Melody ne se rende à la porte. Elle était plus que prête à faire ça. C'était mieux que de rester assise à la maison à s'inquiéter et à se demander ce que vivait John. Elle espérait sincèrement que ce qui arriverait dans la ou les heures suivantes mette fin à ce cauchemar une bonne fois pour toutes.

11

Tex ignorait complètement si c'était le jour ou la nuit. Personne n'avait ouvert la boîte dans laquelle il était enfermé depuis... des heures ? Des jours ? Il avait faim et soif. Ça faisait un bon moment qu'il avait bu toute l'eau qu'on avait laissée pour lui. Ses lèvres étaient gercées, son mollet lui faisait un mal de chien et il ne pouvoir voir pour évaluer les dégâts causés par la balle. Cependant, la chaleur qu'il ressentait à la jambe ne l'enchantait pas... Et il n'arrivait plus à se lever. Il avait essayé.

Des éclairs de douleur l'avaient fait tomber sur le derrière la dernière fois qu'il avait tenté de s'appuyer de tout son poids sur sa jambe tout en serrant les dents. Bien qu'il détestait l'admettre, son ravisseur avait effectivement éliminé sa possibilité de s'échapper. Si les hommes revenaient et laissaient la porte de sa boîte grande ouverte, Tex ne serait même pas capable de décamper.

Mâchoire serrée, il se jura que, si l'occasion se présentait, il *ramperait* vers un lieu sûr s'il le fallait. Il n'abandonnerait pas, peu importait à quel point il s'affaiblirait. Le jour le plus facile, c'était hier, c'était sa devise de SEAL, et il avait connu des situations bien pires que celle-là par le passé. Il devait juste tenir bon encore une semaine, un jour, une heure, une minute.

L'enfoiré qui l'avait enlevé voulait quelque chose. Tex devait encore découvrir ce que c'était exactement. Mais il l'avait kidnappé pour une raison, tout comme Melody avait été relâchée pour une raison. Il se triturait la cervelle, inlassablement, pour essayer de trouver qui était cet homme… celui qui lui avait tiré dessus tout en l'enregistrant. Depuis le temps, Melody avait dû recevoir l'enregistrement. Et si elle l'avait écouté, elle devait être dans un chaos total. Il n'avait pas de quoi lui en vouloir.

Il se souvint de l'enregistrement audio qu'ils avaient reçu quand Caroline avait été enlevée. L'enfoiré responsable s'était enregistré en train de la tabasser. Comme cela avait été difficile à écouter pour Wolf! Merde, ça l'avait été pour Tex et il n'était pas amoureux de cette femme. Il détestait le fait que Melody vive la même situation aujourd'hui. Il pria pour qu'elle comprenne que le tir ne lui avait pas été fatal. Si elle le croyait mort...

Il ne put aller au bout de sa pensée. C'était inconcevable. Si les rôles étaient inversés, Tex ne serait pas certain d'être en mesure de fonctionner. Mais sa Melody était une coriace. Elle surmonterait toute émotion que la cassette provoquerait et préparerait un plan. Ou aiderait au moins ses amis à le faire.

Pour la première fois de sa vie, tout ce que pouvait faire Tex, c'était rester allongé ici et attendre. Il ne pouvait participer à son propre sauvetage. Enfin... ce n'était pas tout à fait vrai. Il pouvait rester en vie. C'était sa mission en cet instant. Continuer de respirer. Continuer de faire battre son cœur. C'était une étrange position dans laquelle se trouver, surtout pour quelqu'un qui était habitué à être au cœur des missions consistant à retrouver des gens.

Mais il n'était pas gêné.

Ni honteux.

Ça, c'était un comportement où on blâmait la victime et il n'avait absolument rien fait pour se mettre dans cette situation. Parfois, les méchants avaient le dessus. Mais le moment viendrait pour son ravisseur ; il plongerait, accompagné de tous ceux qui l'avaient aidé.

Si ce n'était par la main de Tex, ce serait par celles des hommes et des femmes qu'il connaissait partout dans le monde.

Personne ne se reposerait jusqu'à ce que Tex soit retrouvé... mort ou vif... et que les responsables paient.

Cette croyance, profondément ancrée en lui, permettait à Tex de faire face. Il n'était pas vraiment seul. Physiquement, oui... mais de savoir que des gens, à cette seconde même, retournaient chaque pierre et vérifiaient chaque bribe de donnée numérique laissée par les responsables de son enlèvement, c'était ce qui l'aidait à persévérer.

Tex prit une grande inspiration.

Puis une autre.

Il ignora ses crampes d'estomac.

La façon dont il sentait son cœur pulser dans son mollet.

La douleur fantôme dans sa jambe manquante qu'il n'avait pas ressentie depuis des années.

Les secours arrivaient.

Il devait juste être patient.

Annie Fletcher serrait et desserrait les poings avec impatience et pour s'assurer que ses mains restaient agiles. Elle était *plus* que prête pour ça. Réussir la formation pour devenir un Béret vert était déjà la chose la plus difficile qu'elle avait faite dans sa vie. Si ses instructeurs n'avaient pas tenté de la faire abandonner, ses camarades soldats l'auraient fait. Elle pouvait largement gérer quelques racailles de kidnappeurs.

Beaucoup de gens estimaient que les femmes ne devraient pas aller au combat, encore moins devenir des soldats des forces spéciales. Mais qu'ils aillent se faire voir. Elle leur avait montré à tous. Et un jour, elle serait aux commandes de son propre régiment. Elle aurait des soldats qui la respecteraient, elle et ses aptitudes. Elle serait la meilleure chef de toute leur existence.

Quelques personnes avaient toujours cru en elle : ses parents, bien entendu ; ils avaient été derrière elle à cent pour cent, lui disant qu'elle pouvait faire tout ce qu'elle voulait, être qui elle voulait.

Frankie... le garçon qu'elle aimait depuis ses sept ans. Elle se marierait un jour avec lui, mais d'abord, elle devait prouver, à elle-même et au monde, qu'elle pouvait réussir à être une soldate des forces spéciales, tout comme son père et leurs amis.

À ce propos, tous les anciens coéquipiers de son père – ils étaient tous à la retraite aujourd'hui – étaient également ses supporters. Ils avaient parcouru des courses d'obstacles sans relâche avec elle, l'avaient interrogée sur les trucs qu'elle devait mémoriser et en règle générale, ils lui remontaient le moral quand elle se sentait abattue devant le chemin à emprunter. Truck et sa femme, Mary, avaient été ses plus fervents supporters. Ils envoyaient des colis et des e-mails pleins d'attention, étaient toujours là quand elle avait besoin de quelqu'un pour se plaindre de tout ce qu'elle subissait.

Et puis il y avait Tex.

Elle ne l'avait pas vu depuis des années, mais elle se souvenait encore de son air redoutable à la réception du mariage de ses parents, quand des... *invités indésirables* s'étaient pointés. Elle l'avait toujours admiré et suivait ses conseils. Quand elle avait été sur le point de quitter le programme des Bérets verts, c'était Tex qui l'en avait dissuadée.

Cet homme lui avait également fourni de nombreux traqueurs toutes ces années et elle n'avait eu aucun scrupule à en conserver un sur elle en permanence. Tex était comme son propre ange gardien et c'était extrêmement réconfortant de savoir qu'il pouvait voir ses allées et venues à tout moment de la journée et qu'il serait toujours là quand elle aurait besoin de lui sans poser de questions.

Alors quand elle avait appris qu'il avait été kidnappé, Annie n'avait pas hésité à solliciter – non, exiger – qu'on la laisse partir afin de pouvoir se rendre en Pennsylvanie et apporter son aide si elle le pouvait. Elle n'était pas un génie de l'informatique, mais elle était plus que capable d'utiliser les compétences acquises avec les années pour infiltrer une planque et sauver comme protéger Tex s'il le fallait.

Elle avait énormément de reconnaissance envers Wolf pour l'avoir associée à Truck ce soir. Personne ne savait si l'un des trois lieux trouvés par Beth et Ryleigh se révélerait pertinent. Si Tex serait retrouvé dans l'un d'eux. Mais elle priait pour que si c'était le cas... ce soit dans la maison que Truck et elle allaient vérifier.

Cela paraissait peu probable ; qui planquerait une victime kidnappée au milieu d'un quartier animé, où n'importe qui pouvait entendre et voir ce qu'il se passait ? Il était vrai qu'il était peu certain que les voisins appellent les flics, puisqu'ils n'étaient pas exactement des citoyens respectables et la plupart avaient leurs propres antécédents avec les représentants de l'autorité. Mais la chance n'était pas totalement nulle.

Truck gara son SUV de location derrière une station essence un peu glauque, aux abords du quartier.

— Je vais y aller et leur dire de ne pas déconner avec ma voiture, dit-il.

Annie voulait lever les yeux au ciel. Comme si dire à quelqu'un de ne pas faire n'importe quoi avec son truc les inciterait à ne *pas* le faire. Mais là encore, Truck était plutôt intimidant. Si ce n'était pas à cause de sa taille de plus de deux mètres, c'était la cicatrice sur sa joue qui tirait ses lèvres vers le bas pour former un air perpétuellement renfrogné.

Elle n'en avait rien à cirer de sa cicatrice ; son père et d'autres personnes de son cercle adoraient toujours raconter l'histoire de sa première rencontre avec Truck, quand elle était enfant, et la façon dont elle avait posé ses petites mains sur sa cicatrice et demandé s'il avait eu mal quand c'était arrivé.

— Reste là, lui ordonna Truck, avant de sortir vivement du SUV et de claquer la portière derrière lui.

Annie obéit, simplement parce qu'elle passait mentalement en revue différents scénarios sur la façon dont les prochaines minutes pouvaient se dérouler. Ce qu'ils pourraient dire s'ils tombaient sur quelqu'un pendant qu'ils vérifiaient l'endroit que Ryleigh et Beth avaient repéré comme cachette potentielle. Comment ils pourraient y accéder.

Ce qu'ils feraient s'ils trouvaient vraiment Rook ou Tex, ou quiconque d'autre à l'intérieur.

Truck fut de retour en moins d'une minute et Annie sortit du côté passager du véhicule. Elle inspecta son pistolet, s'assurant qu'il était correctement fourré dans son holster en bas de son dos. Puis elle vérifia son couteau KA-BAR dans le fourreau fixé à sa cuisse. Elle prit la paire de lunettes à vision nocturne qu'elle avait emportée à la dernière minute, juste au cas où. Et enfin, elle tapota le petit couteau niché dans une poche qu'elle avait cousue sur une bretelle de sa brassière de sport. Elle s'était entraînée à le lancer jusqu'à pouvoir atteindre une cible pile au centre, jusqu'à cinq mètres ou moins.

Sans un mot, Truck et elle disparurent dans les arbres cernant le parking de la station essence. Truck ouvrait la voie, marchant en silence dans les arbres et les taillis. Pour un homme si grand, il pouvait bouger aussi rapidement que tout prédateur mortel. Annie l'observait attentivement, tant pour son apprentissage personnel que pour une potentielle mission de sauvetage. Elle avait toujours des choses nouvelles à apprendre et qui de mieux pour les lui enseigner que le meilleur des meilleurs ?

Ils passèrent devant une paire de maisons, une musique à fort volume provenant de l'intérieur mais ne ralentirent pas. Ils interrompirent ce qui fut, selon Annie, une transaction de drogue mais comme Truck et elle n'y prêtèrent pas garde, les deux hommes continuèrent ce qu'ils faisaient. Ce n'était pas un quartier pour les enfants et heureusement, elle ne vit aucun signe de leur présence dans le coin. L'odeur de l'herbe était forte et on ressentait comme une fébrilité anormale et sinistre. Comme si tous ceux qui vivaient là attendaient simplement qu'un sale truc se passe.

Approchant de leur cible, Truck ouvrit la voie en faisant le tour par l'arrière de la maison censée être abandonnée...

Sauf que de la lumière provenait de l'intérieur. Elle n'était pas vive, mais ça restait une lumière malgré tout.

— Truck, dit Annie, tendant la main pour enserrer son bras d'une poigne de fer.

— Je la vois, répondit-il d'une voix quasi silencieuse.

Il sortit son téléphone et envoya rapidement un bref message. Annie ne pouvait que présumer qu'il prenait contact avec Wolf.

— Je lui ai demandé de se tenir prêt. Que nous n'avons encore rien trouvé. Ce pourrait être un squatteur, quelqu'un qui se shoote ou qui se tape une prostituée, déclara Truck de ce même ton calme et sinistre.

Annie acquiesça. Mais chaque terminaison nerveuse de son corps lui disait que celui ou celle qui se trouvait dans cette maison ne faisait rien des choses mentionnées par Truck. Tex était là-dedans. Ses tripes lui hurlaient qu'elle avait raison.

— Je vais faire le tour par l'arrière. Vérifie les fenêtres, lui dit-elle.

Elle n'avait pas aussi bien perfectionné que lui son murmure monotone, mais il ne sembla pas perturbé par le fait que la voix d'Annie soit un peu plus forte que la sienne.

— Très bien. Si tu trouves quelque chose, envoie un message à Wolf puis à moi.

Annie hocha la tête et sortit son téléphone. Elle se rendit sur la messagerie et appuya sur le nom de Wolf. Elle écrivit « Il est là » mais ne l'envoya pas. Si elle découvrait Tex, tout ce qu'elle aurait à faire serait de rouvrir l'application et d'appuyer sur « Envoyer ». Elle ne perdrait pas plus de temps à taper un message.

— Nous entrerons ensemble s'il est là, continua Truck. Toi par l'arrière et moi par l'avant. Si c'est la merde des deux côtés, protège Tex. Fais-le sortir de là.

— Et toi ? s'enquit Annie.

Elle sentait un feu brûler en elle, en sachant que Truck lui faisait confiance pour lui confier la vie de Tex. Il aurait facilement pu lui donner la tâche de soumettre celui ou celle qui avait allumé cette lumière dans la maison, mais au lieu de ça, il lui demandait de sauver Tex. Ça signifiait énormément pour elle. Sa confiance en elle et ses capacités lui fit oublier chaque instructeur lui ayant dit qu'elle n'y arriverait jamais. Chaque candidat qui avait affirmé qu'elle ne serait jamais un Béret vert des forces spéciales.

— Ça faisait longtemps que je n'avais pas fait ça, mais personne ne cherche des noises à Tex.

Ce n'était pas vraiment une réponse, mais là encore, ça en était tout de même une.

— Il nous faut des réponses, rappela Annie à Truck.

— Je sais.

Mentalement, Annie haussa les épaules. Elle se foutait de ce que ferait Truck avec la personne qui se trouvait dans cette maison. Son unique préoccupation, c'était Tex. Nul doute que Truck s'occuperait de lui. Même s'il y avait plus d'une personne dans cette maison, même si le ravisseur disposait de tout un contingent de malfaiteurs là-dedans avec lui, en train de faire une putain d'orgie ou autre. Truck se chargerait d'eux.

— Sois prudent, dit-il, juste avant qu'ils ne se séparent. Fletch ne me pardonnerait jamais si son bébé était blessé par ma faute.

Annie leva les yeux au ciel.

— Ne t'en fais pas pour moi. Inquiète-toi pour toi... vieil homme, le taquina-t-elle.

Truck esquissa un sourire grimaçant puis redevint de nouveau sérieux.

— Il est temps de ramener notre ami.

— Un SEAL ne laisse jamais un SEAL, récita Annie.

Ni elle ni Truck n'étaient des SEAL mais Tex, oui. Et

ils ne le laisseraient pas. C'était foutrement hors de question.

Truck disparut dans l'obscurité. Une seconde auparavant, il était là, et la seconde suivante, Annie se tenait debout seule. C'était presque troublant, à quel point Truck était silencieux compte tenu de sa taille, mais elle n'avait pas le temps de se demander comment il faisait.

S'efforçant de demeurer dans l'ombre, Annie rampa vers l'arrière de la maison concernée. Les mauvaises herbes et la pelouse étaient suffisamment hautes derrière chaque maison ou presque du quartier, ce qui offrait une couverture parfaite. Bougeant rapidement, elle avança directement à l'arrière de celle qui aurait dû être abandonnée. Aucune lumière ne passait par les fenêtres à l'arrière. Enfilant ses lunettes à vision nocturne afin de pouvoir voir dans le noir, Annie se déplaça comme une ombre vers la première fenêtre.

Elle y jeta un coup d'œil et vit ce qui ressemblait à une chambre à coucher. Elle ne pouvait que distinguer des cartons empilés sur un cadre de lit en biais. Des ordures jonchaient le lieu et il y avait également sur le sol ce qui s'apparentait à des excréments. Elle ne marqua pas de pause pour se demander s'ils étaient humains ou animaux. De la merde, ça restait de la merde.

Se déplaçant jusqu'à la seule autre fenêtre, elle

tenta de voir l'intérieur. À sa grande surprise, tout ce qu'elle vit, ce fut le vague reflet de son visage qui lui retournait son regard. Clignant des yeux sous la confusion, Annie comprit que cette pièce avait des espèces de rideaux qui couvraient les fenêtres.

Son ventre se tordait sous la nervosité et l'excitation, car il n'y avait absolument aucune raison pour que des rideaux soient fermés dans une maison vide, surtout si elle avait l'air d'être utilisée par quelqu'un qui avait de temps en temps besoin d'un endroit pour ses activités répréhensibles. Elle sortit son téléphone.

Elle envoya rapidement le message qu'elle avait tapé pour Wolf. Elle était certaine, même sans preuve absolue devant ses yeux que Tex se trouvait de l'autre côté de ces rideaux. Elle parierait sa réputation de Béret vert. Elle envoya ensuite un message à Truck.

Oui.

Un mot. Elle ne prit pas le temps de dire plus mais Truck comprendrait. Elle était quasi certaine qu'il pensait déjà la même chose qu'elle : Tex était là.

Annie avait plusieurs options ici ; briser la vitre et alerter ceux qui se trouvaient à l'avant de la maison que quelqu'un tentait de sauver leur otage, leur compliquant encore plus la vie. Ou croiser les doigts et espérer malgré tout qu'avant de refermer correctement les rideaux sur la fenêtre... celui qui l'avait fait ne s'était pas embêté à la verrouiller.

Retenant son souffle, Annie grimpa sur la fenêtre.

Étonnée et ravie, celle-ci se soulevait.

Les idiots ! La fenêtre n'était pas fermée !

Dans le sillage de cette pensée se trouvait l'inquiétude. Si la fenêtre n'était pas verrouillée et que Tex était à l'intérieur, il aurait pu en sortir à tout moment. Même s'il avait été attaché ou blessé, il restait un SEAL. Oui, il était vieux − son père lui botterait les fesses s'il avait vent qu'elle considérait Tex comme *vieux* car il avait à peu près son âge −, mais il était impensable qu'il soit resté simplement assis à attendre qu'on vienne le sauver s'il pouvait s'échapper de là tout seul.

Mais le fait qu'il ne soit *pas* déjà sorti n'était pas bon signe. Même elle le savait. Il était sans doute inapte, en quelque sorte. L'idée lui donnait envie de vomir, mais Annie repoussa ces émotions. Elle avait un boulot à faire ici et elle n'allait pas échouer.

Annie doutait pour la première fois de son instinct et regrettait d'avoir envoyé ces messages avant d'être complètement sûre que Tex était à l'intérieur. Il était trop tard maintenant. La seule chose qu'elle pouvait faire, c'était de retirer le rideau et voir d'elle-même si son instinct et sa formation ne la trompaient pas.

Elle s'apprêtait à repousser les rideaux mais se

rendit compte qu'ils étaient comme attachés de chaque côté et qu'ils se rejoignaient au milieu. Elle tira plus fort et comprit qu'ils étaient collés au châssis. Mais ils ne l'étaient pas par le bas.

Agissant aussi rapidement qu'elle l'osait tout en tâchant de continuer de ne pas faire un bruit, Annie décolla le ruban adhésif d'un côté des rideaux, l'écarta du mur et jeta enfin un œil dans la pièce.

Annie était confuse. Elle était vide. Pas d'ordures au sol comme dans l'autre pièce. Pas de cartons. Pas de meubles, excepté une chaise bien au milieu de l'espace. Observant un peu plus longtemps, Annie put discerner des colliers de serrage qui pendaient aux lattes du dossier de la chaise.

Putain de merde. Elle ne s'était pas trompée. Tex était là. Ou l'avait été à un moment donné, probablement attaché à cette chaise qu'elle était en train de regarder. La porte de la pièce était fermée et elle saisit l'occasion de se hisser pour franchir la fenêtre et se glisser dans la maison. Accroupie sous la fenêtre, Annie cessa de bouger. Elle attendait. Écoutait.

Elle était confuse car elle entendait de la musique quelque part. Le son était faible, mais maintenant qu'elle était à l'intérieur de la pièce, il était bien plus clair que lorsqu'elle se trouvait de l'autre côté des rideaux, dehors.

Et maintenant qu'elle était à l'intérieur, elle pouvait également voir ce qu'elle n'avait pu remarquer auparavant : quelqu'un avait bâti un faux mur.

Non, ce n'était pas un mur. C'était une boîte.

Ses yeux s'ouvrirent en grand et Annie se mit en mouvement sans penser aux conséquences. Elle n'essayait plus d'être discrète, elle était horrifiée par ce qu'elle découvrait. Le bois de la caisse avait été peint en noir, ce qui expliquait pourquoi elle n'avait pas compris immédiatement ce qu'elle avait devant les yeux. Elle se fondait dans l'obscurité de la pièce. Et aussi, maintenant qu'elle était juste à côté, elle pouvait plus facilement entendre la musique : elle émanait de l'*intérieur* de la boîte.

Putain ! Elle n'avait *aucun* doute désormais. C'était la prison de Tex et elle allait le faire sortir de là. Mais comment procéder sans alerter ceux qui se trouvaient dans l'autre pièce ? Ils entendraient la musique à la seconde où elle ouvrirait la boîte.

Un bruit provenant de derrière la porte fit faire demi-tour à Annie, qui prit instinctivement son arme à la main, tandis qu'elle se mettait à genoux pour viser la porte. Mais quelques secondes plus tard, elle comprit que ce qu'elle avait entendu n'était pas quelqu'un se précipitant vers elle.

Ce bruit, c'était Truck, luttant contre ceux qu'il avait rencontrés.

C'était maintenant qu'elle avait sa chance, pendant que Truck était occupé avec ceux qui se trouvaient de l'autre côté de cette porte.

Remettant son pistolet dans son étui, Annie se retourna vers la boîte. Il y avait deux cadenas sur la petite porte qui la maintenaient fermée en haut et en bas. Du gâteau.

Atteignant l'une des poches de son pantalon cargo, elle en extirpa les outils de crochetage qu'elle avait toujours sur elle et qu'elle avait appris à utiliser presque aussi facilement que ceux qui se servaient des clés classiques de tous les jours. Elle vint rapidement à bout de la première serrure puis s'agenouilla pour la deuxième. Il s'était certainement passé vingt secondes, ce qui parut une éternité à Annie.

Elle voulait s'assurer que Truck allait bien, l'aider au besoin, mais elle était responsable de Tex. Elle devait le protéger et le faire sortir de cet enfer. Truck ne lui pardonnerait jamais si elle ne faisait pas son job.

Quand elle ouvrit la porte, la musique qui était déjà assez insupportable de l'extérieur de la boîte semblait particulièrement forte maintenant. Grimaçant, Annie s'efforça de voir dans le noir. Il n'y avait aucune lumière dans le petit espace et cela lui prit un moment pour comprendre ce qu'elle regardait.

Tex.

Il était allongé sur le côté, recroquevillé en une boule au fond de la boîte. Il était complètement nu et sans sa prothèse. Mais c'était le fait qu'il ne bouge pas quand elle avait ouvert la porte qui inquiétait Annie.

Elle pouvait voir des taches sombres sur le sol et sentait l'odeur du seau que Tex avait utilisé pour faire ses besoins. Mais elle les ignora pour s'accroupir légèrement afin de rentrer dans la cellule.

— Tex ? murmura-t-elle, mais aucune réponse ne vint de l'homme au sol.

Elle comprit dès qu'elle se mit à parler qu'il n'entendrait de toute manière rien par-dessus la musique. Elle n'avait vraiment pas besoin d'être aussi silencieuse. Personne n'entendrait rien de ce qu'il se passait dans cette chambre tout comme Tex serait incapable d'entendre tout ce qu'il se passait à l'extérieur.

Annie sentit la haine l'envahir. Voir son idole étendue, immobile et blessée, lui donnait envie de tuer les connards qui lui avaient fait ça.

— Protéger Tex. C'est ton boulot, se marmonna-t-elle.

Elle devait le faire sortir d'ici. Loin de cet enfer. Puis

elle pourrait procéder à un bilan médical. Voir ce qui devait être fait pour l'aider.

Sans hésiter, sans s'attarder sur son absence de vêtements, Annie prit une profonde inspiration – le regrettant instantanément puisque l'air dans la boîte n'était pas tout à fait frais – et se pencha sur le grand Tex. Sauf qu'il n'avait rien de grandiose en cet instant. Même Annie pouvait voir qu'il avait perdu du poids pendant sa disparition de plusieurs jours. Encore une chose pour laquelle ces salopards devraient rendre des comptes.

Comme elle l'avait fait tant de fois avant sa formation et cet enfer qu'avait été la qualification pour devenir un Béret vert, elle porta Tex sur ses épaules comme un pompier, sa tête sur son épaule et son torse contre le haut de son dos, sa jambe se balançant de l'autre côté. En vérité, il pesait moins lourd que les mannequins et les hommes qu'on lui avait demandé de porter pendant ses entraînements pour prouver qu'elle pouvait le faire.

Avec précaution, Annie sortit de la boîte. Ses mains étaient prises et ce serait difficile – pas impossible mais difficile – de les protéger tous les deux si quelqu'un déboulait dans la pièce maintenant. Mais la porte demeurait fermée. Annie s'avança vers la fenêtre.

— Désolée pour ça, Tex, dit-elle avant de se pencher

par la fenêtre et de le laisser simplement tomber sur l'herbe en dessous.

Elle s'inquiétait qu'il ne soit pas encore revenu à lui. Elle ne savait pas pourquoi, mais elle était persuadée qu'il n'était pas mort. Son corps était chaud. Presque *trop*.

Elle bondit rapidement par la fenêtre et souleva de nouveau Tex pour l'installer sur ses épaules.

Le soulagement qui la submergea quand elle sentit Tex remuer alors qu'elle repartait vers l'abri des arbres bordant le quartier était immense.

— Tex ? l'appela-t-elle d'une voix plus forte qu'elle ne l'aurait voulu mais tout de même à peine plus qu'un murmure. C'est Annie. Je te tiens. Tu es sauvé maintenant.

— Annie ? dit une voix rauque dans son oreille provenant de l'homme qu'elle portait sur ses épaules.

Il avait parlé trop fort. La musique qui avait beuglé dans cette boîte lui avait bousillé l'ouïe et il ignorait sans doute à quel point il parlait fort.

Annie le posa au sol et appuya fermement sa main sur ses lèvres, le regardant tout en secouant la tête, les sourcils froncés.

Il opina du chef pour montrer qu'il avait compris. Puis il dit d'une voix qui fut presque trop faible pour qu'elle puisse l'entendre :

— Merci, seigneur, ils ont envoyé la meilleure des meilleurs.

De toute évidence, il comprenait le besoin de rester silencieux mais demeurait incapable de contrôler sa voix parce que son audition était trop endommagée.

Annie ne put malgré tout empêcher un sourire satisfait de lui déformer les lèvres, laissant à Tex le soin de flatter son ego au beau milieu de son propre sauvetage.

Elle le remercia en utilisant le langage des signes, ne souhaitant pas risquer que quelqu'un les entende si elle parlait.

À sa grande joie – cela n'aurait pas vraiment dû la surprendre, mais ce fut tout de même le cas –, Tex s'exprima de la même façon : *Comment va Melody ?*

Elle commença à répondre, mais un coup de feu retentit dans la maison qu'ils venaient de quitter. Annie n'était pas certaine de ce qu'il se passait et elle ne voulait pas que Tex se prenne une balle perdue. Ce serait carrément nul d'avoir été kidnappé et retenu en otage pendant des jours, juste pour se faire accidentellement tirer dessus pendant son sauvetage.

Il était hors de question qu'Annie ramène tout de suite Tex à la station essence, comme le prévoyait son plan d'origine. Elle voulait être certaine que la zone était sûre, que personne ne les attendait pour leur tendre une embuscade. Elle resterait simplement terrée juste ici et attendrait Truck ou Wolf, ou quelqu'un qui la préviendrait par message qu'il n'y avait rien à craindre. Et elle ne doutait pas que c'était ce qui arriverait quand ils ne parviendraient pas à les trouver, Tex ou elle, dans la maison ou dans les parages.

D'autres tirs résonnèrent et Annie s'accroupit devant Tex avec son pistolet prêt et orienté en direction des coups de feu. Il faudrait lui passer sur le corps pour reprendre Tex. Ça n'arriverait carrément pas.

Son attention portait aussi bien sur la maison que sur son environnement proche. Il était peu probable que quelqu'un la surprenne, mais cette possibilité existait. Ça lui manquait d'avoir quelqu'un pour couvrir ses arrières.

Dès qu'elle eut cette pensée, elle sentit son couteau KA-BAR se glisser hors de son fourreau sur la cuisse. Puisqu'elle avait entendu Tex grogner sous l'effort pour bouger, elle savait que c'était lui. Cela lui réchauffa le cœur. Elle venait juste de souhaiter avoir quelqu'un à ses côtés et il y avait Tex... à ses côtés.

Elle avait cru qu'il était trop dans les vapes. Trop blessé. Trop faible pour être capable d'aider. Mais quelle idiote ! Tex était un guerrier jusqu'à la moelle. Le seul moment où il serait trop faible, ce serait lorsqu'il serait mort, et même alors, il trouverait le moyen d'être d'une quelconque aide selon elle.

Une minute ou deux passèrent et ni Annie ni Tex ne bougèrent. Ils étaient tous les deux parés, attendant que quelque chose survienne. Quand son téléphone vibra dans sa poche, Annie eut une peur bleue. Elle voulait rire d'elle-même. Une vraie soldate des forces spéciales ! Terrifiée par un foutu portable.

Remuant avec lenteur, sa main libre alla dans sa poche arrière et en sortit le mobile. Baissant les yeux, Annie vit un message de Truck.

Rien à signaler.

Elle se sentit submergée de soulagement. Elle ignorait complètement s'il était blessé, si Wolf et les autres s'étaient pointés ou même si la personne qui avait kidnappé Tex avait été placée en détention. Mais si Truck disait que la voie était libre, Tex pouvait recevoir une attention médicale sans danger.

Annie débattit un moment avec elle-même pour savoir si elle devait se rendre directement au SUV ou revenir dans la maison où Tex avait été retenu prisonnier. Truck l'aida en envoya un autre message.

On se retrouve au SUV.

Parfait.

Se tournant vers Tex, Annie signa : *Truck dit que c'est*

bon. Nous rejoignons le véhicule pour te faire un examen médical.

N'en ayant pas perdu une miette, Tex répondit en signant : *Truck est là ?*

Annie afficha un grand sourire et acquiesça. *Et Wolf. Et le reste de sa bande. Et Baker. Et Beth et son mari.*

— Putain, dit Tex à haute voix, mais cette dernière bien mieux contrôlée.

Passer du temps loin de la musique hurlante lui avait fait du bien, et il semblait que son ouïe était revenue à la normale.

— Tu peux marcher si je t'y aide ? lui demanda Annie.

Elle n'avait pas encore bien regardé sa jambe. Elle s'était davantage inquiétée qu'un groupe ennemi sorte des arbres pour reprendre Tex. Il faisait également encore nuit, avec suffisamment de lumière pour se discerner afin de communiquer en langage des signes.

— Non.

Tex n'avait pas l'air ravi de cette réponse, mais Annie était soulagée qu'il se montre honnête avec elle.

Elle hocha la tête, remit le pistolet dans son holster en bas de son dos puis se mit debout.

— Tu veux le garder ? demanda-t-elle, désignant de la tête le couteau que Tex avait toujours dans la main.

— Oui.

— Très bien. Mais ne me le plante pas accidentellement. Il est super aiguisé.

Tex eut un sourire satisfait.

— Brave petite.

Elle leva les yeux au ciel. Se penchant en avant, elle aida l'un des hommes qu'elle admirait le plus au monde et le souleva avec aisance pour le remettre sur ses épaules.

— Tiens bon, lui dit-elle sans que ce soit nécessaire.

Agissant rapidement mais en silence – mais pas aussi silencieux que pouvait l'être Truck – Annie revint à la station essence où ils avaient laissé le SUV. Approchant de la zone à travers les arbres, elle put voir plusieurs personnes en train de l'attendre.

Baker était là, tout comme Benny et Mozart. Truck n'était nulle part en vue. Il devait encore être dans la maison. Dès que cette pensée lui eut traversé l'esprit, elle entendit au loin des sirènes... qui se rapprochaient.

Baker aperçut Tex et elle en premier. Il s'éloigna des autres et se précipita vers eux avec assurance.

— SITREP ! aboya-t-il.

— Je vais bien, répondit Tex avant qu'Annie ne puisse le faire. Un tir dans mon mollet qui s'est infecté. Déshydraté, j'ai pris une raclée, j'ai sans doute des côtes fêlées qui ne me font plus mal maintenant, à cause de tout le reste. J'ai faim et je me sens carrément faible mais vivant... grâce à Annie.

— Je vais le prendre, dit Mozart.

Benny et lui avaient suivi le vieil homme.

— Non. Je suis bien là où je suis, répondit fermement Tex.

Une fois de plus, le cœur d'Annie se réchauffa. Tex lui faisait confiance pour terminer ce qu'elle avait commencé. Elle n'avait pas besoin qu'on prenne le relais. Elle pouvait porter Tex encore quelques mètres si elle devait le faire. Elle avait été formée pour ce genre de chose et elle appréciait qu'il comprenne que ce serait un manque de respect si les hommes essayaient de prendre la relève.

— Tex ? Tu sais que tu es nu, n'est-ce pas ? demanda Benny, ses paroles teintées d'humour.

— Ah oui ? Waouh, merci de me l'avoir dit, répondit Tex avec sarcasme.

— Enfoirés de kidnappeurs, marmonna Mozart dans sa barbe.

— Ils ont pris ma jambe aussi. C'est surtout ça qui m'énerve, dit Tex, comme s'ils étaient en train de discuter en prenant le café ou autre. Si quelqu'un pouvait la retrouver, j'apprécierais. Ce machin n'était pas donné.

— On s'en occupe, dit Baker, ses pouces dansant au-dessus de l'écran de son téléphone portable, pendant qu'ils marchaient tous vers le SUV.

— Que s'est-il passé dans la maison ? s'enquit Annie, sa curiosité prenant le dessus, maintenant que Tex était sauf.

— C'est Truck qui a tout vu, répondit Baker, ses lèvres se tordant vers le haut. Et c'était bien Asher Rook, au fait. Heureusement, putain. Parce que le dernier truc que je voulais, c'était tomber nez à nez avec la putain de mafia. Je l'aurais fait, mais c'est mieux de ne pas avoir dû le faire. Cet enfoiré était assis dans le noir, avec seulement une petite lumière pour éclairer le lieu, en train de jouer à une saleté de jeu vidéo ! Comme s'il n'avait pas un humain enfermé dans une boîte dans la pièce derrière lui. Il était si sûr de lui, tellement certain de ne pas se faire prendre qu'il jouait nonchalamment à *C'est la Guerre*.

— Quel culot ! Harley sera furieuse quand elle saura ça, dit Annie, sachant exactement comment la femme de l'un des potes Delta de son père se sentirait en découvrant que l'homme qui avait enlevé Tex avait appris quelques techniques dans un jeu vidéo qu'elle avait aidé à créer. Elle sera en colère au plus haut point.

— Et les coups de feu ? demanda Tex. Y a-t-il quelqu'un de blessé ?

— Rook avait un pistolet à côté de lui et quand Truck a ouvert la porte d'un coup de pied, il s'en est saisi et a tiré à l'aveugle, les informa Baker.

— Amateur..., marmonna Mozart.

— Il l'a complètement raté, dit Benny. Mais il a donné une raison à Truck de tirer en retour. Ce trou de balle est tombé comme une masse... en pleurant comme un bébé, répétant qu'il lui fallait une ambulance.

Les paroles de Benny rendaient Annie furieuse.

— Ouais, bien sûr. Il veut qu'on l'examine, mais quand il a tiré sur Tex, il n'en a rien eu à cirer. Quelle excuse bidon de la part d'un être humain. Et qu'en est-il des autres hommes qui l'ont aidé pour le rapt ? Aucun d'eux n'était là ?

— Non, juste Rook, confirma Baker.

— Mais les gars sont là maintenant et se renseignent pour savoir qui ils sont. Noms, adresses... tout ce qu'ils ont besoin de savoir pour les trouver et s'assurer qu'ils paient pour ce qu'ils ont fait eux aussi, dit Mozart.

Ce fut à ce moment que trois voitures de police passèrent rapidement devant la station essence, sirènes hurlantes et gyrophares illuminant fugitivement la zone autour du SUV avant que l'obscurité ne revienne de nouveau.

— Merde. Ils vont avoir des ennuis ? demanda Annie, les yeux rivés sur les voitures.

Ils pouvaient tous entendre les sirènes se diriger vers le quartier où Tex avait été retenu en otage.

— Non. Truck portait une caméra-piéton. Self-défense, dit Baker.

— Mais et l'interrogatoire ? insista Annie.

Impossible que Truck, Wolf et les autres n'usent pas de tous les moyens nécessaires pour obtenir les infos qu'ils voulaient. Ils étaient peut-être à la retraite, mais ils étaient les meilleurs des meilleurs quand il fallait faire parler les gens. Elle devrait le savoir : jamais elle n'avait pu mentir à son père durant son adolescence. Il avait toujours été capable de lui faire cracher le morceau quand elle avait fait des conneries comme mentir sur où elle était ou avec qui.

Baker haussa un sourcil.

— Tu crois qu'ils seront assez stupides pour filmer ça ?

Annie ricana.

— En effet. Non.

— Eh, les gars, vous pensez pouvoir m'emmener à l'hôpital bientôt ? demanda Tex, comme s'il demandait l'heure.

— Merde, dit Baker, approchant la main de la poignée de la portière du SUV.

Annie se sentait tout aussi coupable. Elle avait été si avide d'infos sur ce qu'il s'était passé dans la maison qu'elle avait presque oublié qu'elle était en train de soutenir un Tex blessé avec les fesses à l'air.

Elle abaissa une épaule et parvint à l'installer sur la banquette arrière. Benny retira son propre tee-shirt et Tex se recouvrit le bassin, le remerciant d'un signe de tête. Mozart fit le tour pour s'asseoir à l'arrière à côté de lui.

— Monte, ordonna Baker à Annie, désignant le siège avant avec la tête.

— J'allais retourner dans la maison, protesta-t-elle.

— Non. Tu viens avec nous à l'hôpital. Truck veut minimiser ton implication dans tout ça autant que possible.

Annie accepta. Sa participation dans le sauvetage d'un civil n'allait pas à l'encontre des règles militaires, mais elle ne voulait vraiment pas attirer plus d'attention si elle pouvait faire autrement. La vie en tant que femme Béret vert était déjà suffisamment dure.

— Car tu es toujours en service actif. Personne ne voudra braquer un projecteur sur toi.

C'était logique. La dernière chose qu'Annie souhaitait, c'était que l'armée utilise ça contre elle. Elle n'avait rien à voir avec les échanges de tirs alors ça ne devrait pas avoir d'importance.

— Monte, Annie, déclara fermement Tex. J'ai besoin que tu appelles Melody pour moi. Pour lui dire que je vais bien. Être là quand elle arrivera à l'hôpital.

— Oui, chef ! répondit-elle, faisant le tour du SUV en trottinant pour s'asseoir sur le siège avant. Et toi, Benny ?

— Je vais dans la maison. Je vous tiendrai tous informés sur ce qu'il se passe.

Et puis il ne fut plus là, disparaissant dans les mêmes arbres desquels Annie avait surgi.

Baker se mit au volant du SUV et sortit si rapidement de l'arrière de la station essence qu'Annie dut se cramponner à la poignée de maintien pour ne pas être ballottée dans tout le véhicule.

— Tenez bon. Je nous conduis à l'hôpital en trois minutes, les informa Baker.

Personne ne dit rien pendant un long moment. Mozart était occupé à essayer d'examiner la blessure par balle de Tex, ce qui n'était pas facile dans le noir et avec la conduite de Baker.

La voix de Tex brisa le silence entre les occupants.

— Merci, dit-il, la voix pleine d'émotion. Me sentir impuissant n'est pas un sentiment que j'ai beaucoup ressenti et je ne veux pas le revivre de sitôt.

— Putain de merde, est-ce que Tex vient de dire merci ? demanda Baker à voix basse.

Annie s'était fait la même réflexion.

— Oui, confirma Tex. Et je vais le redire : merci. Je vous en dois une à tous, une immense.

— Non, pas du tout, le contredit sévèrement Mozart. Tu as aidé un nombre considérable de gens dans le même genre de situations. Tu nous as aidés : moi, Baker, Wolf... et des centaines d'autres personnes. C'est un honneur de te retourner la faveur.

— Quand même, j'ai l'impression de ne jamais pouvoir vous remercier assez. Mer...

— *Non !* l'interrompit Mozart. Plus de mercis. On va se mettre à croire que toute cette expérience t'a psycho-logiquement endommagé si tu te mets à remercier tout le monde d'un coup.

Tous dans le véhicule se mirent à ricaner, y compris Tex.

— Très bien. Message reçu.

— De plus, si tu as l'intention de remercier tous ceux qui t'ont envoyé de l'argent, ça va prendre des mois... des années, même ! l'informa Annie.

— De quoi tu parles ?

— Un tas de choses se sont passées depuis ton enlè-vement, dit Baker à son ancien camarade du SEAL. En commençant par le fait que cet enfoiré qui t'a embarqué a réclamé une rançon d'un milliard de dollars.

— C'est quoi ce bordel ?! s'exclama Tex.

— Ouais ! Et une fois que les gens ont su que tu avais besoin d'argent, ils en ont envoyé. En masse.

— Putain de bordel de merde, jura de nouveau Tex.

Annie fit de son mieux pour réprimer un rire. Puis elle retrouva son calme.

— Tu es tellement aimé, Tex. Des gens partout dans le monde, le *monde* ! ont conscience de ce que tu fais pour les autres. Ils voulaient te retourner la faveur. Et quand ils ont su que *le* seul et unique Tex avait besoin d'aide, ils ont tous été ravis de pouvoir faire leur possible pour te secourir.

— Je ne veux pas et n'ai pas besoin de cet argent. Il sera renvoyé, déclara-t-il fermement.

— Tu vexeras les gens qui en ont fait don, dit simplement Mozart.

— Et pour info, Melody a dit la même chose, ajouta Baker. Tous les deux, vous allez devoir trouver quoi en faire. Comment vous en servir pour aider ceux qui sont enlevés à leurs proches. Les soldats. Les marins. Les disparus et les exploités. Créer une fondation. Des bourses d'études. T'essuyer les fesses avec. Ce que tu veux. Mais tu ne peux pas le rendre. Pas après que ces gens aient été si désireux d'aider comme tu les as aidés, leurs proches ou eux.

— Mais... un milliard de dollars ? murmura Tex.

— Parles-en à Ryleigh, lui suggéra Annie. Elle aura des idées sur ce que tu peux faire avec. De ce que j'ai appris par Beth, elle a connu son lot de dons de bienfaisance.

— Ouais, en effet, dit Tex, l'air absent.

— Nous y sommes, annonça Baker en se garant au niveau de l'entrée des urgences de l'hôpital.

— Vous pensez que l'un de vous peut me dégoter une chaise roulante pour qu'Annie n'ait pas à me porter ? demanda Tex. Je suis sûre que personne là-bas ne voudra que j'exhibe mes fesses nues devant lui.

Annie était tellement soulagée d'entendre le Tex qu'elle connaissait et aimait ! Quand elle l'avait d'abord vu dans cette boîte, elle avait été terrifiée. Pas effrayée au point de ne pas pouvoir faire son boulot, mais maintenant qu'il était sauf, que le ravisseur avait été attrapé et que Tex ressemblait un peu plus à lui-même, elle pouvait admettre que ça avait été la chose la plus effroyable qu'elle ait jamais faite, simplement car c'était quelqu'un qu'elle aimait qui avait été en danger. C'était sans doute une bonne expérience... qui l'endurcirait au cas où elle se retrouvait confrontée à une situation similaire, que Dieu l'en préserve.

— Appelle Mel, dit Tex à Annie, alors qu'elle le transférait sur une chaise roulante que Mozart était allé chercher en courant dans l'hôpital pour l'apporter jusqu'à la voiture. Dis-lui que je vais bien. Debout, bavard et grincheux comme toujours.

— Je le ferai, le rassura-t-elle.

Pendant un moment, elle ne put bouger alors que Mozart repartait précipitamment vers l'hôpital, poussant Tex devant lui. Elle se mit à frissonner ; tout ce qu'il s'était passé finissait par la rattraper.

Étonnamment, le bras de Baker atterrit sur ses épaules et il la serra contre lui, une étreinte intime, chaleureuse, réconfortante.

C'était exactement ce dont elle avait besoin en cet instant. Baker n'était pas tout à fait l'homme auquel elle aurait pensé pour *ça*... mais elle aurait dû le savoir. Elle l'avait vu avec Jodelle. À quel point il était inquiet pour elle, attentif. Il passait à côté de peu de choses. Et tandis que certaines personnes seraient embarrassées de s'effondrer ou presque, Annie ne l'était pas. Son père lui avait répété maintes fois que les soldats étaient des personnes eux aussi. Qu'ils avaient besoin de trouver un moyen de décompresser après une mission intense.

— Merci, dit-elle tout bas contre le torse de Baker.

— Ça va mieux ?

Annie hocha la tête.

— Tant mieux. Et maintenant, entre et appelle Melody comme te l'a demandé Tex. Je vais aller me garer et serai de retour à l'intérieur en un instant.

Il était désormais le Baker autoritaire qu'elle avait appris à connaître ces derniers jours.

Elle recula et sortit son portable, ne prenant pas la peine d'observer Baker éloigner son SUV alors qu'elle se dirigeait vers la salle d'attente des urgences. Ça allait bientôt être bondé là-dedans. Annie se demanda si elle devait avertir le personnel sur le nombre de gens qui allaient débarquer à l'hôpital, mais Melody répondit au téléphone, ce qui lui fit penser à autre chose.

— Nous l'avons trouvé. Il va bien. Tyrannique et agaçant, comme d'habitude. Il est aux urgences pour se faire examiner. On se voit bientôt et on te racontera tout quand tu seras là.

Immédiatement, Melody éclata en sanglots et ne put parler.

Caroline lui prit le téléphone, apprit où ils avaient emmené Tex et dit qu'ils seraient bientôt là.

Après avoir raccroché, Annie prit un moment pour fermer les paupières et respirer simplement. Ces derniers jours avaient été affreux. Mais elle avait l'impression d'avoir changé en tant que personne. Tex allait bien. Sa famille allait bien. Personne n'avait été blessé. C'était une fin heureuse pour un horrible cauchemar.

Ouvrant les yeux, elle s'avança, pénétrant dans le hall chaotique des urgences. Il y avait encore un tas de données à apprendre au sujet de cette situation, mais

Annie se sentait bien par rapport au dénouement, le rôle qu'elle avait joué et le chemin qu'elle avait emprunté quant à son parcours de vie. C'était ce qu'elle voulait faire. Faire en sorte que les gens soient en sécurité. Protéger. Sauver.

12

Tex ne savait pas du tout quelle heure il était. Quelque part dans l'après-midi, selon lui. On l'avait laissé aux urgences pendant des heures. Les médecins avaient parlé de chirurgie pour son mollet, mais après l'avoir nettoyé et lui avoir injecté des antibiotiques plusieurs heures, ils s'étaient mis d'accord pour le libérer en lui faisant promettre que, si l'état de sa jambe empirait, il devait revenir immédiatement.

Son visage souffrait de tous les coups reçus, deux de ses côtes étaient, par chance, seulement fêlées et non pas cassées. Son nez l'était. Son audition était en majeure partie revenue à la normale et tandis qu'il avait un œil encore enflé, il pouvait voir malgré ça. Dans l'ensemble, il avait eu de la chance. Il était blessé, aucun doute là-dessus, mais il pourrait être mort. Il préférait des blessures à l'autre alternative.

Tex était plus que ravi d'être d'accord pour revenir à l'hôpital si l'état de sa jambe empirait ou si la douleur se faisait trop intense. Plus que quiconque, il savait combien il était crucial de préserver sa jambe restante. Il n'allait prendre aucun risque de la perdre également. Mais il avait besoin de rentrer chez lui. Auprès de sa femme. Dans son propre lit.

Son monde entier avait basculé la semaine précédente, et même s'il aimait et appréciait ses amis, il avait besoin de passer du temps seul avec Melody.

Ses filles étaient toutes deux venues à l'hôpital et avaient pleuré en le voyant. Tex avait lui-même eu un peu les larmes aux yeux. Melody avait gardé son calme, mais il avait eu le sentiment que lorsqu'elle était à l'écart de leurs filles et amis, elle montrait ses vraies émotions. Et il était plus que prêt pour ça ; il ressentait la même chose.

Les analgésiques coulant dans ses veines donnaient à Tex l'impression de flotter un peu. Déconnecté de ce qu'il s'était passé. Mais pas au point de ne pas vouloir entendre tout ce qui était arrivé depuis que Melody et lui avaient été enlevés. Comment ses amis avaient découvert ce qu'il s'était passé, tout ce qu'ils avaient tous fait pour le retrouver, *comment* ils l'avaient retrouvé, les détails sur les complices de Rook et comment ça s'était passé avec la police.

Il n'avait pas voulu faire ça au sein de l'hôpital, car il n'avait simplement pas bénéficié d'un laps de temps suffisamment long, constamment interrompu par les infirmières et les médecins qui s'étaient relayés pour lui faire des prises de sang, des tests et de manière générale, faire de leur mieux pour qu'il retrouve son état normal.

Il n'y avait eu aucune trace de sa prothèse dans la maison abandonnée. Une vraie déception, car celle qu'il portait lors de son kidnapping était l'une de ses préférées. Mais il en avait quelques-unes de rechange chez lui qu'il pourrait utiliser jusqu'à pouvoir remplacer son meilleur modèle.

Melody et lui étaient calmes, assis à l'arrière de la voiture de location de Wolf qui les ramenait à la maison. Tex regardait par la vitre tout en tenant la main de sa femme, émerveillé par la façon dont les lieux qu'il voyait au quotidien semblaient... nouveaux, en quelque sorte. Comme s'il les voyait pour la première fois.

Le fait que Tex avait désormais une idée de ce que ressentaient les gens qu'il avait aidés était à la fois une bénédiction et une malédiction. Il avait l'impression qu'il pourrait dorénavant se montrer plus empathique envers la personne qu'il rechercherait tout comme envers ses proches. Mais savoir ce qu'ils traverseraient rendrait également son boulot un peu plus difficile, car cela lui mettrait un peu plus de pression.

Tex soupira.

— Ça va ? lui demanda Melody pour ce qui semblait être la centième fois.

— Ça va maintenant que je suis revenu auprès de toi, lui répondit-il avec sincérité.

Melody posa la tête sur son épaule et passa son bras autour de son biceps, se lovant contre lui.

Tex avait pu obtenir une éponge de bain pendant son séjour à l'hôpital, mais il désirait prendre une vraie douche. Pour se laver de la saleté de cette fichue boîte une bonne fois pour toutes. Mais d'abord, il avait besoin de réponses.

Wolf arriva dans l'allée de Tex et s'arrêta.

Immédiatement, la voiture fut encerclée par ses amis. Tout le monde gravitait autour d'eux, voulant aider d'une manière ou d'une autre.

— Que tout le monde recule, ordonna Melody qui sortait et faisait le tour du véhicule jusqu'à la place de Tex.

Caroline sortit la chaise roulante qu'ils avaient louée à l'hôpital de l'arrière de la voiture et l'approcha de Tex.

Avec expertise, comme s'il l'avait déjà fait des

milliers de fois, Tex se transféra lui-même sur la chaise. Cela lui rappela les moments juste après la perte de sa jambe, quand il avait été cantonné au fauteuil roulant avant de recevoir sa prothèse.

Melody se plaça derrière lui pour pousser la chaise, la seule personne que Tex autoriserait désormais à faire ça pour lui, et ils entrèrent dans la maison comme s'ils étaient en pleine parade... tout le monde suivant Tex comme s'il était le leader du groupe ou un truc du genre. Cela l'irritait au plus haut point, et c'était pour cela qu'il savait qu'il devait trouver l'information qu'il recherchait avant de s'enfermer dans sa chambre à coucher avec sa femme pendant quelques heures. Il se sentirait plus à même de supporter les inquiétudes de tous après avoir fait une sieste tout en tenant Melody contre lui.

Elle semblait rendre tout meilleur. Elle l'avait toujours fait, bien que Tex n'avait pas vraiment réalisé à quel point jusqu'à présent.

Il roula de lui-même jusqu'au salon et se transféra sur le canapé. Hors de question qu'il reste assis sur ce stupide fauteuil roulant pendant qu'il apprendrait tous les détails de son enlèvement. Melody se tracassa quelque peu pour lui mettre un oreiller sous sa jambe, qu'il maintenait sur la table basse devant lui.

— Où sont Hope et Akilah ? demanda-t-il à Melody,

tous les autres s'agitant dans les parages pour s'installer.

— Avec Amy. Elle les a récupérées à l'hôpital et les a ramenées chez elle. Elle va leur donner à manger, préparer leurs affaires puis les ramener ici... t'accordant le temps de parler à tout le monde et d'avoir des réponses.

Une fois de plus, sa femme le connaissait si bien ! Elle était parfaitement consciente qu'il avait besoin de parler de ce qu'il s'était passé, d'obtenir tous les détails sans que ses gosses soient traumatisées de les entendre. Il l'embrassa, laissant ses lèvres s'attarder sur les siennes. Comment avait-il réussi à tirer le gros lot avec cette nana, Tex n'en avait aucune idée, mais il était encore plus reconnaissant en cet instant qu'il ne l'avait jamais été.

Le regard de Tex fit le tour de la pièce. Se posa sur Wolf assis sur l'immense chaise avec Caroline sur ses genoux. Sur Baker appuyé contre le mur, les bras croisés, alors que sa femme Jodelle s'était associée avec Annie pour tendre des bouteilles d'eau et des boissons sans alcool à ceux qui en voulaient. Sur Beth et Cade, qui étaient à côté de Melody sur le canapé. C'était serré pour eux quatre, mais Tex ne se plaignait pas d'avoir sa femme plaquée contre son flanc.

Les anciens coéquipiers de Wolf étaient dispersés

dans la pièce. Debout, pour la majorité, comme s'ils étaient trop agités pour s'asseoir sur le sol ou près de la cheminée.

Il avait sur le bout de la langue l'envie irrépressible de leur redire merci, mais se souvenant de l'avertissement de Mozart, il le garda pour lui. Il trouverait le moyen de remercier tous ceux dans cette pièce, d'une façon ou d'une autre. Tout comme ceux qui n'étaient pas physiquement présents, qui avaient également contribué à le retrouver... comme Ryleigh et Rex. Tout comme ceux qui avaient fait des dons financiers pour sa rançon. Si ça devait lui prendre le restant de sa vie, Tex reviendrait sur chaque don et s'assurerait personnellement que la personne qui l'avait émis saurait à quel point son geste avait été apprécié.

Il devait se montrer rusé car s'il devenait soudain « l'homme qui disait constamment merci », les gens flipperaient.

Cette pensée lui décrocha un petit sourire. Puis il retrouva son sérieux.

— Très bien, dites-moi tout. Et n'omettez rien non plus ! Le meilleur comme le pire, je veux tout, leur ordonna-t-il, ferme, avant de se tourner vers Melody. Toi d'abord, Mel. Que s'est-il passé après que tu aies été poussée de cette saloperie de fourgon ?

Découvrir le bras de Melody plâtré et les hématomes commençant à s'estomper avait été suffisamment difficile, mais entendre en personne ce qu'elle avait subi donnait à Tex l'envie de gerber. Les écorchures dont elle avait souffert sur tout le côté de son corps. Sa terreur durant ces quelques secondes avant qu'on ne lui retire sa cagoule, qu'on ne la pousse sur une route fréquentée avec la crainte de se faire écraser à tout instant. Le moment où elle avait repéré cette brique enveloppée du mot mais qu'elle avait été alors forcée de s'en éloigner, se mettant en marche pour aller quérir de l'aide.

Tex raconta au groupe qu'il avait été battu en arrivant à la maison, mais que personne ne lui avait ôté sa cagoule avant de lui enlever ses vêtements et de lui ordonner de retirer sa prothèse. Qu'on lui avait demandé de monter dans la boîte sous les rires de ses ravisseurs.

— Nous allons les retrouver. Tous, affirma Baker, la voix emplie de haine.

— Les flics sont déjà sur le coup, les informa Truck. Rook a vendu la mèche et j'ai obtenu la plupart des noms avant qu'il ne... décède.

Le regard de Tex s'attarda sur ce grand gaillard et ses yeux se rétrécirent. Il n'avait pas besoin de connaître les détails de ce qu'avait fait Truck pour récolter les renseignements sur les autres hommes qui avaient aidé Rook. Mais il *fallait* qu'il sache une chose.

— Il a souffert ? demanda-t-il.

— Oh ouais. Cet enfoiré a souffert.

— Je devrais me sentir mal pour lui, sachant ce qu'il avait vécu, dit calmement Melody, aux côtés de Tex. Qu'il ait enduré la souffrance de ne jamais savoir ce qui était arrivé à sa femme... mais ça ne lui donnait pas le droit de faire ce qu'il t'a fait.

— Et t'a fait, à *toi*, insista Tex.

Melody haussa les épaules.

— Un bras cassé n'est rien comparé à ce qu'il t'est arrivé.

— Nous n'allons pas comparer nos histoires d'épouvante, dit fermement Tex. Tu as été traumatisée tout comme moi.

Elle acquiesça.

— Dis-m'en plus sur Asher Rook, dit Tex en regardant Beth. Qu'est-ce que vous avez trouvé sur lui avec Ryleigh ?

— Apparemment, il t'a repéré et a demandé ton aide pour retrouver sa femme, à peu près au même moment où tu étais submergé jusqu'aux genoux dans la recherche de Kalee, lui expliqua Beth.

Tex hocha la tête. Il se souvenait de ce moment-là. Il était devenu presque aussi obsédé que Phantom pour retrouver la femme qui tenait le cœur de son ami entre ses mains et ne voulait pas renoncer.

— Je me souviens vaguement de Rook maintenant, songea-t-il. Il n'avait pas beaucoup d'informations hormis le fait qu'elle avait disparu lors d'un match de football. J'ai bien contacté le détective de Pittsburgh qui était sur le coup, et il m'avait dit qu'il avait une équipe de quatre hommes qui regardaient les vidéos provenant du stade et qu'il espérait grandement qu'ils puissent trouver quelque chose. Qu'elle ait disparu volontairement, c'était son opinion. J'ai supposé que Rook était violent... un truc qu'il ne m'avait pas précisé, bien évidemment. Le détective a supposé qu'elle en avait eu assez. J'ai suspecté que se rendre au match était une ruse et qu'elle avait pris un bus ou autre pour se barrer de la ville et s'éloigner de lui. Retrouver Kalee Solberg était bien plus important que pister une femme violentée qui avait tous les droits de quitter un homme qui lui faisait du mal.

— Je dirais que tu te souviens plus que *vaguement* de lui, dit Benny en ricanant.

Tex haussa les épaules. Puisqu'il s'était mis à parler de la femme disparue, de plus en plus de détails lui revinrent.

— Alors... Rook m'a pris en otage car il était furieux contre moi ? questionna-t-il, s'adressant à tous ceux dans la pièce.

— En gros, acquiesça Truck. Je lui ai demandé

pourquoi il avait emmené Melody également et il a répondu que c'était parce qu'il voulait que tu souffres, en sachant que ta femme était blessée et que tu ne pouvais strictement rien y faire.

— Il a réussi, maudit soit-il, marmonna Tex.

— Il en avait suffisamment appris des jeux vidéo auxquels il adorait jouer pour faire en sorte de ressembler à un tueur à gages professionnel ou autre, dit Wolf. Il a engagé des gens avec qui il s'était lié d'amitié en ligne. D'autres comme lui, qui passaient des heures à jouer à ces jeux de guerre simulant la vraie vie. C'est flippant, la facilité avec laquelle ils ont été en mesure d'exécuter leur plan.

— Ouais, en effet, dit Tex, se souvenant qu'ils l'avaient battu à chaque fois qu'il avait été traîné hors de cette boîte. Où sont ces hommes en ce moment ?

— Ils devront en répondre, rétorqua Truck, la voix dure.

Cela suffisait à Tex. Pour une fois, il allait laisser les autres gérer ceux qui les avaient kidnappés, Melody et lui. Il devait laisser ça derrière lui. Mais il allait retrouver le SEAL qui avait participé à son passage à tabac. C'était à lui de trouver cet homme et de le punir. Personne ne salissait le nom SEAL. Personne.

— Comment vous m'avez trouvé ? demanda-t-il, posant la question à Beth.

Elle expliqua que Ryleigh avait découvert les lieux possibles dans lesquels il pouvait être retenu et que ses amis s'étaient séparés pour les localiser.

— Nous étions un peu à court de ressources, mais je ne voulais plus attendre d'autres personnes pour aller là-bas, précisa Wolf. Tu dois savoir qu'il y a au moins une demi-douzaine de groupes qui ont proposé de participer. Le reste de la bande de Truck, Rocco et ses SEAL, Trigger et ses Delta. Rex a proposé d'envoyer ses Mercenaires Rebelles et j'ai même reçu un appel de Bull d'Indianapolis, qui était sur le point de prendre un avion avec son équipe Silverstone. Non seulement ça, mais je pense que chaque personne que tu as un jour aidée était plus que partante pour venir ici également. Mais je me suis dit que la dernière chose dont tu avais besoin – dont Melody avait besoin – c'était une douzaine de personnes avec qui jouer les hôtes. Tout le monde ne se serait pas attendu à ça, mais nous connaissons tous ta femme et elle aurait voulu s'assurer personnellement que chaque personne présente soit nourrie et au courant de sa gratitude.

Tex posa les yeux sur Melody. L'une des nombreuses raisons pour lesquelles il l'aimait, c'était son grand cœur. Et il pouvait absolument l'imaginer essayer de faire en sorte que les ventres de tous soient pleins et de s'occuper d'eux, au lieu de prendre soin d'elle.

— Bref, comme je le disais, nous étions un peu débordés, mais nous étions tous conscients d'appeler immédiatement les autres si nous trouvions quelque chose, dit Wolf à Tex. Et j'ai mis le reste de mes hommes avec Melody.

— Attends... *avec* Melody ? demanda Tex, confus. Elle n'était pas ici, à la maison, à attendre de voir si vous me trouviez ?

Un silence gêné répondit à sa question.

Tex se tourna vers sa femme.

— Mel ?

— Ce n'était pas si important. On nous a dit que le dépôt d'argent était censé avoir lieu au Sugar Shack. Tu sais, l'usine abandonnée ? Et j'étais celle qui était censée apporter l'argent.

C'était comme si la tête de Tex était sur le point d'exploser. Il cloua Wolf sur place avec un regard furieux.

— Tu l'as laissée se rendre à un dépôt de fric ? Tu es *dingue* ?!

— Il était évident qu'il n'allait pas y être, intervint Beth. Ce n'est pas comme si elle avait vraiment pu mettre la main sur un million de dollars, encore moins le trimballer en cash jusqu'à un point de rendez-vous. Ça ne serait même pas rentré dans le SUV.

— Nous sommes revenus à la maison dès que nous avons compris que le Sugar Shack était désert, lui dit calmement Melody.

Tex se sentait tout sauf calme, mais il se souvint que tout était rentré dans l'ordre à la fin. Melody allait bien et il en serait de même pour lui bientôt. Jamais il n'aurait autant voulu faire les cent pas de toute sa vie.

— Je n'arrive pas à croire qu'il a réclamé un milliard de dollars, dit-il, en secouant la tête. Il devait savoir que trouver autant d'argent était impossible.

— En fait..., commença Abe. Aux dernières nouvelles, il y avait un milliard et quelques sur le compte que Ryleigh a ouvert pour récolter les dons.

Les yeux de Tex s'agrandirent.

— Redis ça ?

Il savait bien que beaucoup de monde avait contribué à la rançon, mais il ignorait le montant atteint.

— Quand les gens ont appris que tu avais des ennuis, que le ravisseur exigeait de l'argent, ils ont été plus que ravis de faire un don. Et de contacter les gens qui possédaient plus d'argent qu'ils ne pourraient le dépenser durant une vie entière. Tu as touché tant de personnes, Tex, qu'elles voulaient te rendre la pareille, d'une quelconque manière, expliqua Caroline. Et ceux que tu n'as pas aidés voulaient visiblement faire un don au cas où ils pourraient un jour avoir besoin de toi et de tes aptitudes.

Tex n'arrivait pas à croire ce qu'il entendait. D'abord, que Rook avait eu les couilles d'exiger une rançon d'un milliard de dollars et ensuite, que ce montant avait vraiment été atteint. Ça allait prendre un temps fou de remercier chaque personne qui avait participé. Plus qu'il ne l'avait anticipé.

— Bref, je me suis rendue au Sugar Shack avec des sacs de sport remplis de serviettes de toilette, juste au cas où il serait là, mais comme nous l'avions pensé, l'endroit était complètement désert. Aucun signe de personne, expliqua Melody. Abe, Cookie, Benny et Mozart étaient tous avec moi. Ils ont inspecté les parages, se sont assurés que je ne craignais rien.

C'était quelque chose ! Tex confierait sa vie à ces hommes. Plus important, la vie de *Melody*.

Son regard passa à Annie.

— Et toi et Truck avez eu pour tâche d'aller vérifier la maison.

Elle confirma d'un signe de tête.

— Truck est allé à l'avant et j'ai fait le tour par l'arrière. J'ai regardé par les fenêtres. Une pièce était saccagée, mais l'autre avait ces rideaux occultants. C'était carrément suspicieux. J'ai pensé que le fait que la fenêtre n'était pas verrouillée signifiait qu'il y avait un piège, mais alors, j'ai vu la chaise au milieu de la pièce et… cette boîte.

Sa voix avait légèrement tremblé sur les deux derniers mots.

Tex n'aimait pas penser à la caisse dans laquelle il avait été enfermé, mais il était libre. Il n'était plus dedans.

Annie continua d'expliquer à tous ceux présents dans la pièce qu'elle avait envoyé un message à Wolf puis était entrée, avait crocheté les verrous de la boîte et l'avait fait sortir.

Elle parlait avec un air tellement pragmatique sur la façon dont elle l'avait soulevé comme s'il n'avait pas pesé plus lourd qu'un enfant et les avait amenés aussi loin de la maison que possible…

— Je sais que devenir un Béret vert n'a pas été facile, dit calmement Tex. Je sais que tu as été harcelée et que tu as travaillé deux fois plus que tous les autres pour pouvoir trouver ta place parmi les meilleurs des meilleurs. Mais de là où je me trouvais, je n'aurais voulu personne d'autre pour me libérer de cet enfer. Tu as tout fait comme il fallait, Annie, sans hésitation. Et je pense ne jamais oublier la façon dont tu m'as protégé quand nous avons entendu ces coups de feu. Tu seras un avantage pour le peloton dans lequel tu seras et je ne doute absolument pas que tu graviras les échelons et seras en charge de ta propre unité tôt ou tard.

Les yeux d'Annie s'emplirent de larmes, mais elle les contrôla.

— Merci, Tex.

Il balaya la pièce et ses amis du regard et se sentit extrêmement chanceux. De nombreuses fois par le passé, il avait eu le sentiment d'être seul dans ce qu'il faisait. Assis dans son sous-sol, tapotant à tout va sur son clavier, personne pour lui soumettre des idées, carburant à son instinct et à l'adrénaline pure quand il découvrait la preuve dont il avait besoin pour trouver la personne disparue.

Mais il n'était pas seul. Pas même un peu. Le compte bancaire avec un putain de milliard de dollars dessus, ainsi que les hommes et les femmes dans cette pièce le prouvaient justement, tout comme ceux qui étaient assis comme debout dans son salon.

Il était persuadé d'avoir d'autres questions à poser plus tard, mais pour le moment, Tex en avait assez. Il lui fut soudain difficile de garder les yeux ouverts et il avait besoin de s'allonger, de tenir sa femme contre lui et de s'estimer heureux.

Regardant autour de lui, il parla lentement et distinctement, voulant que chaque personne dans la pièce entende bien ce qu'il était sur le point de dire.

— Merci. D'être là. D'avoir protégé Melody, mes enfants, d'avoir fait ce qu'il fallait pour me retrouver, de m'avoir protégé. Ça signifie vraiment beaucoup pour moi.

— Oh merde, c'est la fin du monde, c'est ça ? marmonna Cookie. Tex qui remercie des gens... qui l'aurait cru ?

Tout le monde rit. Même les lèvres de Tex s'inclinèrent vers le haut en un sourire.

— Sur ce, je vais aller dans ma chambre et dormir. Ne m'interrompez pas, sous aucun prétexte. Compris ?

— Ouais !

— Bien sûr.

— Même pas en rêve.

— Ça roule, patron.

— Et quand je me réveillerai, je descendrai dans mon sous-sol et m'assurerai que Ryleigh n'a pas foutu le bordel dans mes dossiers, rouspéta Tex, jetant un coup d'œil à Beth.

Elle se mit à rire.

— Personne n'a foutu le bordel nulle part, dit Cade en levant les yeux au ciel.

— J'enverrai les noms des hommes qui ont aidé Rook, lui promit Truck. On s'occupera d'eux, mais je sais que tu voudras quand même leurs noms.

Et comment ! Il adressa un signe de tête à Truck.

— Je sais que tu as dit vouloir prendre une douche, mais je crois que tu devrais attendre et faire ça dans la matinée, lui dit Melody d'une voix posée.

— Je me sens bien, insista-t-il.

Ce qui était un mensonge. Il se sentait comme une merde. Son mollet était douloureux – merde, sa jambe manquante lui faisait mal aussi – il avait mal à la tête et il était exténué. Mais personne n'avait besoin de savoir ces détails-là. Toutefois, maintenant qu'il envisageait de se doucher, il était soulagé qu'il y ait un banc intégré à la douche, puisqu'il serait incapable de se mettre debout pour se laver. Quelle merde !

— Allez, Iron Man, lui dit Melody en plaisantant. Moi-même je ferais bien une sieste.

Il avait pensé la même chose. Il doutait que Mel ait dormi beaucoup pendant son absence. Il était plus que ravi d'aller directement au lit tant qu'elle se joignait à lui.

C'était un putain de calvaire de retourner dans cette chaise roulante et de se rendre dans sa chambre à coucher. Tex serait vraiment soulagé quand il aurait retrouvé sa jambe et que son mollet serait guéri afin de pouvoir être plus mobile.

— Je divertirai Hope et Akilah quand elles reviendront avec Amy, dit Caroline.

— Et je ferai le dîner, se proposa Benny.

Tex leur répondit d'un signe de tête, ayant déjà hâte de voir ce que Benny allait préparer à tout le monde pour manger. Cet homme était un génie de la cuisine.

Il était sur le point de fermer la porte de sa chambre quand Annie éleva la voix dans le salon.

— Je me dis que tu pourrais maintenant être un peu plus partant pour porter ce nouveau traqueur sophistiqué que tu m'as forcée à prendre, hein ?

Quelle petite peste !

Elle n'avait pas tort. Tex ne doutait pas que s'il avait porté le prototype qu'il avait inventé, celui qui s'insérait sous la peau comme une micropuce pour chien ou chat, il aurait été retrouvé bien plus tôt. Sans doute immédiatement ou presque.

— Je le ferai si tu le fais ! répondit-il en haussant la voix également.

Il entendit Annie pousser un cri ravi avant que Melody ne referme la porte. Elle affichait aussi un sourire satisfait sur le visage. Sans chichi, elle aida Tex à se mettre au lit et grimpa dans la foulée à côté de lui. À la seconde où il l'enlaça de ses deux bras, Tex se sentit enfin complètement détendu.

Il n'avait pas été embarrassé qu'Annie le voit dans le plus simple appareil, sans vêtements. Il n'avait pas été vexé de ne pas avoir été en mesure de se secourir lui-même. Et il n'avait pas honte d'avoir pleuré quand il avait posé les yeux pour la première fois sur Melody et qu'il avait constaté de lui-même qu'elle allait bien. Un peu amochée mais vivante.

Mais ici, dans sa maison, son lit, avec sa femme dans ses bras, Tex laissa les émotions qu'il avait contenues cette dernière semaine s'exprimer. La peur, l'incertitude, l'inquiétude, la colère, la stupeur d'avoir été bêtement *kidnappé*. Il pleurait alors que sa femme le tenait contre elle aussi fort qu'elle le pouvait malgré son bras blessé, l'accompagnant dans ses pleurs.

Après cela, il se sentit mieux mais était complètement vidé.

— Je vais dormir maintenant, l'avertit-il.

— Chuuuut. Je suis là.

— Je t'aime, lui dit Tex. Je suis fier de toi pour avoir été si forte.

— Je t'aime aussi. Nous avons des amis assez incroyables.

— Oui, en effet.

La dernière chose dont il eut conscience, c'était à

quel point le silence absolu dans la chambre était agréable. Il ne considérerait plus jamais ce genre de choses comme acquises. N'estimerait *aucune* de ses aubaines comme acquise. Sa santé, sa famille, ses amis. Il était un homme chanceux.

J'espère que vous avez tous adoré cette histoire qui m'a énormément touchée et que j'ai eu du mal à terminer. Elle est en réalité basée sur une histoire vraie que j'ai vue un jour à la télévision. Un homme avait été kidnappé au sud de la frontière américaine et retenu en captivité pendant des MOIS, pendant que sa famille essayait de collaborer avec les ravisseurs pour le ramener chez lui, sain et sauf. Il a vécu une situation très similaire à celle de Tex dans cette histoire, dans une boîte, avec de la musique diffusée très fort, seul, semaine après semaine. Il avait été retenu pendant des mois et puis un jour, ses kidnappeurs l'avaient simplement laissé partir... Et il avait marché jusque chez lui. Maltraité, battu, mais vivant. Cela m'a inspirée et j'ai pensé... et si cela arrivait à notre Tex ? Quel dommage que l'homme issu de cette histoire vraie ne portait pas de traqueur. Ou n'avait pas des amis des forces spéciales. Ou Annie.

. . .

Il y a tant de personnages dans cette histoire que je ne peux pas vraiment en faire la liste, mais si vous ne les connaissez pas, ils proviennent – sans ordre particulier – des séries suivantes :

Forces Très Spéciales, Le Refuge, Badge of Honor, Hawaï : Soldats d'élite et Delta Force Heroes.

DU MÊME AUTEUR

Un ange pour Laryn (1 Juillet)

Un ange pour Amanda (4 Nov)

Un ange pour Zita

Un ange pour Penny

Un ange pour Kara

Un ange pour Jennifer

Forces Très Spéciales : Alliance

Un protecteur pour Remi

Un protecteur pour Wren

Un protecteur pour Josie

Un protecteur pour Maggie

Un protecteur pour Addison (6 Mai)

Un protecteur pour Kelli (2 Sept)

Un protecteur pour Bree

Le Fruit du Hasard

Le Protecteur

L'Aristocrate

Le Héros

Le Bûcheron

Sauvetage à Eagle Point

Un sauveteur pour Lilly

Un sauveteur pour Elsie

Un sauveteur pour Bristol

Un sauveteur pour Caryn

Un sauveteur pour Finley

Un sauveteur pour Heather

Un sauveteur pour Khloe

Le Refuge

Un soutien pour Alaska

Un soutien pour Henley

Un soutien pour Reese

Un soutien pour Cora

Un soutien pour Lara

Un soutien pour Maisy

Un soutien pour Ryleigh

Silverstone

Pour la confiance de Skylar

Pour la confiance de Taylor

Pour la confiance de Molly

Pour la confiance de Cassidy

Delta Force Deux

Un refuge pour Gillian

Un refuge pour Kinley

Un refuge pour Aspen

Un refuge pour Jayme

Un refuge pour Riley

Un refuge pour Devyn

Un refuge pour Ember

Un refuge pour Sierra

Hawaï : Soldats d'élite

Un paradis pour Élodie

Un paradis pour Lexie

Un paradis pour Kenna

Un paradis pour Monica

Un paradis pour Carly

Un paradis pour Ashlyn

Un paradis pour Jodelle

Forces Très Spéciales : L'Héritage

Un Sanctuaire pour Caite

Un Sanctuaire pour Brenae

Un Sanctuaire pour Sidney

Un Sanctuaire pour Piper

Un Sanctuaire pour Zoey

Un Sanctuaire pour Avery

Un Sanctuaire pour Kalee

Un Sanctuaire pour Jane

Delta Force Heroes Series

Un héros pour Rayne

Un héros pour Emily

Un héros pour Harley

Un mari pour Emily

Un héros pour Kassie

Un héros pour Bryn

Un héros pour Casey

Un héros pour Wendy

Un héros pour Mary

Un héros pour Macie

Un héros pour Sadie

Un héros pour Annie

Mercenaires Rebelles

Un Défenseur pour Allye

Un Défenseur pour Chloé

Un Défenseur pour Morgan

Un Défenseur pour Harlow

Un Défenseur pour Everly

Un Défenseur pour Zara

Un Défenseur pour Raven

Ace Sécurité

Au Secours de Grace

Au Secours d'Alexis

Au Secours de Bailey

Au Secours de Felicity

Au Secours de Sarah

Autre

Un moment suspendu : Recueil de nouvelles

AUDIO

Un paradis pour Élodie

À PROPOS DE L'AUTEUR

Susan Stoker est une auteure de best-sellers aux classements du New York Times, de USA Today et du Wall Street Journal. Elle a notamment écrit les séries Badge of Honor: Texas Heroes, SEAL of Protection et Delta Force Heroes. Mariée à un sous-officier de l'armée américaine à la retraite, Susan a vécu dans tous les États-Unis, du Missouri jusqu'en Californie en passant par le Colorado, et elle habite actuellement sous le vaste ciel du Tennessee. Fervente adepte des fins heureuses, Susan aime écrire des romans où les sentiments laissent place au grand amour.

http://www.StokerAces.com

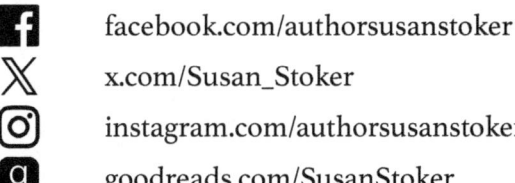

facebook.com/authorsusanstoker
x.com/Susan_Stoker
instagram.com/authorsusanstoker
goodreads.com/SusanStoker

www.ingramcontent.com/pod-product-compliance
Lightning Source LLC
Chambersburg PA
CBHW070524100726
47907CB00004B/966